木洩れ日に泳ぐ魚

恩田陸

中央公論新社

木洩れ日に泳ぐ魚

1

たぶんこれは、一枚の写真についての物語なのだろう。

むろん、ある男の死を巡る謎についての物語でもあるし、山の話でもあるはずだ。そして、一組の男女の別離の話という側面も持っている。

写真といえば、先日も奇妙な体験をした。

待ち合わせの時間潰しに入った書店の店頭で、ある本の表紙になっている写真に目を引き寄せられたのだ。

それは有名な写真だった。

野原の中の踏み固められた道を、三人の若い男性が正装で歩いていく。その三人が、こちらを振り返っているという構図である。

三人は、奇妙な表情でこちらを見ている。

もちろん、彼らは撮影するカメラマンを見ているのだが、歩いているところを斜め後ろから呼び止められた形で振り向いているためか、まるで写真を見ている僕を注視しているように感じられるのだ。

二十世紀の初め、あらゆる階層と職種の市民を記録するという目的で撮られた写真の一枚だが、この三人の若い農夫のまなざしは、彼らがこの世から消滅した後も時を超え、二十一世紀を迎えた今の僕を射抜く。そのことに小さな感動を覚えたが、「奇妙だ」と感じたのはそのことではなくて、この写真を見た瞬間、強烈なデジャ・ビュを感じたことなのだった。

僕は、この表情を見たことがある。この写真と同じように、複数の人間がこんな表情でこんなポーズで僕を振り向いていたことがある。そんな確信が身体を強く揺さぶったのだ。

いや、今はこんなことを考えている場合ではないだろう。

目の前のこと、これから交わされる会話について考えなければならない。

これは、一組の男女の別れの話でもあるのだから。

そう言いきれるのは、その男女というのが、僕と今目の前にいる彼女だからだ。

僕たちは今夜、最後の一晩をこの部屋で過ごし、明日はめいめい別の場所へと出て行くことになっている。

季節は初夏。窓を開け放っていると、時折いい風が入ってきて快適だ。夜に窓を開けていると、外と空気が繋がっていて不思議な胸騒ぎのする解放感がある。

荷物はあらかた運び出してしまったので、家の中はがらんとして広い。

今、僕たちは彼女のスーツケースを小さな座卓にして向かい合っている。もう座布団もなくなっているけれど、畳はひんやりしていて気持ちがいい。

もちろん寝具は運び出してしまったので、今夜は雑魚寝になるだろう。

明日、朝一番でそれぞれの業者がガスと水道、電気を止めに来る。それを見届けたら、僕らは自分たちの持っている鍵を不動産屋に返し、ドアを開けて外に出て、右と左に分かれて歩き出すことだろう。

ここ数日は引っ越しの準備に追われ、ろくに話をするどころではなかった。いつも思うことだが、引っ越しというのは最後の一つまで片付けなければならないということをぎりぎりになるまで忘れている。こぢんまりした2DKというこのささやかなアパートですら、荷物を運び出してみると、よくもまああんなに沢山のモノが詰め込まれていたものだとあきれてしまう。だから、この一週間は昼夜を問わず、僕も彼女もそれぞれ自分の荷物を片付けるのに精一杯で、ほとんど顔も見ていなかった。

しかし、どこかできちんと話をしておかなければならないという認識は二人とも共通していたように思う。そうしなければ、この先それぞれの人生を歩いていくことができないだろうということも。

網戸越しに心地好い風が忍び込んでくる。

頬を撫でるような、ほのかに甘い風だ。

このアパートは、小さな川と小さな児童公園に挟まれる形になっていて、僕たちの住んでいた部屋は、二階の角部屋に当たっており、隣の公園の木の緑が目に心地好かった。秋には金木犀《きんもくせい》が強く香り、食べ物の味が分からなくなるほどだった。僕の部屋からは、公園に立ててある時計も見え、僕は時間を見る時いつもあの時計を利用していた。

「すっかり空っぽになっちゃったね」

彼女がぽつんと呟いた。

確かに、何もない部屋はとても広く見える。

いや、実は一つだけある物が残されている。

二人ともそれをなるべく見ないようにしていたものの、それは目ざわりな異物のようだった。壁や畳に残る家具の跡が亡霊のように彼らの痕跡を主張しているが、もはや影でしかなく、照明器具も外してしまったので、天井から電球が一つぽつんと下がっているばかり。

それでも、部屋はじゅうぶんに明るかった。

僕たちは、どちらからともなく宴会の準備を始める。

惣菜《そうざい》は彼女が、酒は僕が調達してきた。

トラックが僕たちの荷物を載せてゴトゴトと角を曲がって見えなくなったあと、僕らはなぜか一緒に買い物をせず、ばらばらに商店街に出て、最後の夜の準備をした。

互いの好みは承知している。僕は彼女の好きな重めの赤ワインを買ったし、彼女は僕の好きな春雨サラダをスーパーで買ってきた。

この夜が長くなることも、お互い予感している。長丁場《ながちょうば》に備え、彼女はチーズやオリーブも袋に入れていたし、僕は度数の高い焼酎とミネラルウォーターを用意していた。

惣菜を広げると、たちまちその匂いが鼻をつき、柔らかな夜の風の甘さが掻き消された。

身体のどこかが覚醒し、僕の中の冷たい部分が鎌首をもたげた。

それは彼女にも伝わって、僕たちは宴会の準備をしながらも、緊張感でぴりぴりしていた。これまでの偽りの平穏が、少しずつ乾いたものに変わっていく。

それでも、僕たちはにこやかに缶ビールで乾杯をした。

不穏なものを隠し持ってはいても、僕たちは親しみを込めた笑みを交わす。

「気持ちのいい夜だね」

彼女は、窓を見ながら言った。

いや、窓の向こうの何かを見ながら。

「うん。いちばんいい季節かも。これからすぐに熱帯夜になるし」

「そうそう。去年も暑かったよねえ」

僕たちは他愛のない会話を交わす。始まりのタイミングを、互いに見計らっているのだ。相手が何をどう感じているかよく分かる僕たちは、もちろん蜜月時代もあったが、厳しい神経戦になるのもしばしばだった。最近ではそちらのほうが多く、どちらも果てしない消耗戦に疲れ、ここを去る要因の一つになった。

彼女が割《わ》り箸《ばし》を差し出す。

僕たちは仲良くぱきんと箸を割り、スーツケースの上の惣菜に手を伸ばす。

「今年の夏はどこかに行かないの？」

彼女がさりげなくそう尋ねる。

「今のところ予定ないな。いろいろ会議とかあって忙しそうだし、夏休みが取れるかどうかも分からないんだ」

僕もさりげなく答え、切り返す。

「そっちこそ、明後日からベトナムなんだろ。これで今年の夏休みは消化したことになるの？」

「さあね。分けて取るつもりだから、九月にまたどこかに行くかもしれない」

彼女は、明日は友人の家に泊まる。そして、翌日から一緒にベトナム旅行に出かけるらしい。今食卓になっているスーツケースには、楽しい休暇のための道具が詰まっているはずだ。

僕は、彼女が海辺に立っているところを思い浮かべる。

なぜか彼女はアオザイ姿で、白い編み笠のような平べったい帽子をかぶっている。その表情は、帽子の下で影になって見えない。

春雨サラダを紙皿に取り分けながら、僕は今の状況について考える。

僕たちは、椅子取りゲームをしている。最後に残った一つにいつ座ろうかと狙いながら、今二人でぐるぐると椅子の周りを回っているのだ。

座ったからといって、僕らには何の栄誉もない。むしろ、どちらかといえば相手に座らせたいのだが、いっぽうでそれもなんとなく癪《しゃく》なのだ。

「髪、伸びたね」

僕がそう言うと、彼女は思いがけないという表情で僕を見て、弱々しく笑った。

「何、急に」

「ここんところ顔見てなかったからさ。まだ短いと思ってた」

「伸びかけなのがうっとうしくて、ずっと結わえてたから。こんなふうに垂らしているの、そういえば、久しぶりかも」

そう言って残り少なくなったらしい缶ビールを呷《あお》った彼女の髪が揺れる。

彼女の髪は少し茶色っぽくて細い。

ずっとショートカットにしていたのだが、今はいつのまにか肩にかかるほどになっている。白い額の上の髪の生《は》え際《ぎわ》から緩やかなカーブを描いて顔に掛かる髪は美しい。

僕は、随分長い間彼女の顔を正面から見ていなかったことに内心衝撃を受ける。

「あの子は元気？　ええと、何ちゃんだったっけ」

彼女はふと僕を見て言った。

僕は口ごもる。

「まあね。元気だと思うよ」

「いいのよ、隠さなくったって」

彼女は無表情な声で、自分に言い聞かせるように呟く。

「よろしく伝えて」

彼女はそう言いながらも、もはやこの話題に関心を失っているようだった。

僕たちは、どちらからともなく、次の缶ビールを開ける。

そう、僕たちが語らなければならないのは、これから僕が一緒に暮らす女のことではなく、今目の前にいる彼女と僕のことなのだから。

これはどこから始まったのだろう。この物語はいったいどこから。

それは、やはり、あの写真からだろうか。

「このあいだ、こんな映画を観たわ」

彼女が缶ビールを手に持ったまま呟いた。

さっきから彼女は、僕のほうを見ない。視線はずっと窓を向いていて、時折思い出したように僕を見るだけだ。僕はずっと彼女を見ている。僕を見ていない彼女を眺めている。

「映画館で？」

僕が尋ねると、彼女は小さく左右に首を振った。

「ううん。テレビで夜中にやってたの」

彼女は独り言《ひとごと》のように答える。

「昔の白黒映画だった。退屈した大学生が四人、こういうアパートの一室でうだうだしてるの。で、誰かが、ガスの栓を開けて、どのくらい我慢できるか競争しようって言い出すの」

「死んじゃうじゃん。爆発するかもしれないし」

「でも、みんな面白がってその話に乗るのよ。我慢しきれなくなって、部屋から出て行った奴は負け。最後まで残った一人が勝ち。そういうルールなの」

僕は、興味を覚えた。

「最後はどうなるの？」

「忘れちゃったわ」

彼女はあっさりと答えた。

「日本映画？」

「そう。白黒だった。短いの。八十分くらいじゃなかったかな。ほとんど部屋の中で、みんながガスに耐えてる場面ばっかり」

「ふうん」

僕は彼女を見つめる。

彼女は椅子に座ったのだろうか？　これは、夜の始まりだろうか。

高まる緊張感に、僕は思わず身震いしていた。それを打ち消すために、慌てて勢いよく立ち上がる。彼女が僕を見た。

「どうしたの？」

「煙草《たばこ》買うの忘れてた。ちょっとひとっぱしりして買ってくる」

彼女は探るような目になったが、すぐに目を逸らした。

「そう。じゃあ、ついでに緑茶のペットボトル買ってきてくれる？」

「いいよ。五百？　大きいのにする？」

「大きいほうがいいな。あなたも飲むでしょ」

「分かった」

僕は、財布をズボンのポケットに突っ込み、夜の中に飛び出した。

叫び出したいような衝動を覚え、思わず大きく深呼吸し、湿った初夏の夜の空気を肺に深く吸い込む。

夜は優しく、官能的に僕を包む。暫《しばら》くアパートの前でその感触を味わう。

僕は、シャツの胸ポケットから、くしゃくしゃになった煙草の包みを取り出す。

本当は、まだ何本か残っていた。しかし、どうしても一回彼女の前から逃げ出したくなって飛び出してしまったのだ。もちろん、このことに彼女も気付いている。僕の決心がつかなくて、心の準備をするために煙草を買いに出たのだと。

のろのろと歩きながら、煙草に火を点ける。

落ち着け、これが最後のチャンスだ。恐らく、彼女はさっき椅子に座ったのだ。もう夜は始まってしまったのだ。

僕は彼女に白状させなければならない。果たして、今夜中にそれを果たせるだろうか。

商店街の明かりが見えてきた。

できるだろうか。彼女があの男を殺したのだと、彼女の口から、今夜中に。

2

彼が煙草を買いに出て、閉められたドアの音を聞きながら、私は思わず畳の上にだらしなく身体を投げ出していた。

長い溜息が出る。

別に疲れていたわけではない。彼がこの息の詰まりそうな雰囲気に耐えかねて立ち上がってしまったのと同様に、私もこれからの長い夜を考えると大声で叫び出したくなってしまうからだった。

畳の感触はひんやりとして気持ちがいい。

がらんとして何もない部屋を、畳の上に投げ出された自分の腕や髪の毛と一緒に眺めているのは奇妙な感じだ。

普通、家具を運び出せば広く感じるというけれど、私にはやけに狭く感じられた。あれだけの家具が部屋に入っていたことも、ここで二人の人間が生活していたことも、「嘘でしょう」と言いたくなるほどだ。

部屋の中には、食べかけの春雨サラダのドレッシングの匂いが漂っていた。

市販のお惣菜は、どうしてこんなにも匂いがきついのだろう。売場で見ている時はあれもこれもと買うのだけれど、いつも食べきれずに余らせてしまう。明日は燃えるゴミの日だから、朝ここを出る時にゴミを出していけるのはありがたい。

私は畳の上でのろのろと頭を動かし、テーブル代わりに使っているスーツケースの傷を見つめる。手を伸ばして、そっと傷をなぞってみる。

ベトナムに行くというのは嘘だ。

確かに、敦子《あつこ》は明後日からベトナムに行くけれど、私は彼女の部屋で数日間留守番をすることになっている。敦子は何度も一緒に行こうと誘ってくれたけれど、今の私にはグループで海外旅行をする気力がない。

子供の頃から団体行動が苦手で、放っておいてくれるならいつまでも一人でいて平気だった。しかしそのことを大人が喜ばないのを知っていたので、ずっとそうではないふりをしてきたし、それは成功していた。けれど、実際には他人と過ごすのにかなりの努力を要するので、エネルギーが満タン状態でない時に他人と旅行するのは、私にとっては苦痛でしかない。

敦子の家は資産家な上に、彼女自身高給取りだから、素敵なマンションに住んでいる。あの素敵な部屋で、誰とも言葉を交わさず思う存分ぼんやりしていられると思うと単純に嬉しかった。

敦子が出かけたら、ずうっと床に転がっていよう。

私は目を閉じる。今と同じポーズで、敦子の部屋で横になっている自分を想像する。

白いカーテンの揺れる、明るい部屋。二十四時間後にはあの部屋にいるのだと思うと不思議な心地になる。

揺れる白いカーテンの上で、チラチラと何かが遊んでいる。カーテンが、ふわりと緑色に染まる。

そして、眩《まばゆ》い光の射す森の中になる。

低い声が響く。


「いつかは崩れ落ちて、この道も無くなってしまうんですよ」


一瞬、強い陽射しが目を貫いたような気がして、ハッと目を見開いた。

むろん、私は初夏の夜のアパートにいた。

天井から伸びたコードの先の、剝《む》き出《だ》しの電球が眩《まぶ》しい。

背中に冷たい汗を感じ、私はのろのろと畳の上に起き上がる。

それは、忘れてしまったと思っていたあの男の声だった。あまりにもはっきりその声を聞いたので、短い夢だと信じられず、つかのま硬直した姿勢のままでいた。

脳裏に、たった今見た夢の残像が生々しく揺れている。

光射す緑の影。私の動揺と重なりあうように、影は不吉に揺れ続ける。

私は飲みかけの缶ビールに手を伸ばし、喉を鳴らしてビールを飲む。その行儀の悪い音が、頭の中で揺れる影を打ち消してくれるのではないかと期待しながら。

息が続く限り、ビールを胃に流し込み続けた。苦しくなって、げっぷをする。多少の効果はあったが、どちらかといえば音よりも尿意のせいらしかった。トイレに行くかどうか迷う。実は、トイレに行くのは、彼との話を中断させることが必要な時のために取っておきたかった。長い夜の間に、必ず話を中断して、考え直す必要に迫られることを予期していたからだ。

なんとなく立ち上がり、ぶらぶらと洗面所に歩いていく。

空になった洗濯機置き場。隣の洗面スペースの鏡を覗きこむと、幽霊のような顔をした若い女がいた。じっとその目を見つめる。その目は、さっき彼に話した古い映画に出てくる女を思い出させた。

なぜあんな映画の話をしたのだろうか。結末を思い出せない映画。暇で馬鹿な大学生たちの映画。思いつめた顔の女が、ガスに朦朧《もうろう》としながら涎《よだれ》を垂らしていた場面が目に浮かぶ。きっと、アパートの一室の一夜の話ということで、今夜の自分たちと重ね合わせていたのだろう。命を懸けた我慢大会、というのも似ているかもしれない。

私は部屋に戻り、畳にぺたりと座る。我ながら、糸の切れたあやつり人形のようなポーズだと思う。

我慢。この一年、私たちは我慢してきた。あの旅が、あの男の死が、私たちをすっかり変えてしまった。強く結びついていた二人を、あの数日間が引き裂いてしまった。

この一年は、砂の上を歩いているようだった。一歩一歩が砂に足を取られ、行きたい方向にちっとも近づけない。足が重くて、気ばかりが焦《あせ》る。

私は彼を疑っている。気が付くと彼の表情を、その目の光を盗み見ている。証拠を探し、神経質になっている。

頭の片隅で、緑の影が揺れた。

誰かが緑の影の中を登っていく。

そう、私はずっと疑っている——彼があの男を手に掛けたのではないか、と。

最初はぼんやりとした不安でしかなかったが、それはやがて疑惑へと変わり、今では確信に近くなっている。彼があの男を殺す瞬間が、はっきりと映像になって目に浮かぶほどだ。

最近では、何かの折にその映像が浮かぶ。通勤の途中、自動販売機でお茶を買う時、洗いものの最中。あまりにも鮮明なその映像は、いつも私をぎょっとさせ、私の動きをストップさせる。

その都度、私はその確信を反芻《はんすう》する——彼があの男を殺した。

かといって、彼を告発するつもりはない。あの男は死んだが、事故死として片付けられている。

今更事件として蒸し返す気など、全くない。

だが、私はどうしても知りたいのだ。彼が何を考えていたのか。

また、別の声が響く。

こんにちは。お話はよく聞いてました。

おかっぱ頭の小さな顔がぴょこんとお辞儀をする。

サークルの後輩と言っていたっけ。えくぼが出来て、化粧っ気のない、有機栽培の果物みたいな女の子。

彼は、ここを出て、あの可愛い女の子と一緒に暮らし始める。先に彼女が越していて、彼を待っているのだという。

その話を聞き、私は祝福し、彼にこう尋ねた。

式は挙げないの？

彼はちょっと考えてから答えた。

落ち着いてからね。

その言葉が何を意味するのか、私はずっと考えていた。

何が落ち着くのか。どうすれば落ち着いたことになるのか。

落ち着いてからね。

彼の声を思い浮かべる時、彼がよく見せる、自制心の利いた優しい表情も浮かんでくる。彼は私と同じく、自分の感情を殺すことが上手だった。何か強い葛藤を抱えている時、決して言ってはいけないことを隠し持っている時ほど、彼はとびきり優しい笑みを見せる。

かつてはその技術に驚嘆し、共感し、尊敬の念すら抱いていたのに、今ではその笑みが、見知らぬ恐ろしいものに思えるのだ。

この部屋を引き払い、別々の生活を始めることを決めた時から私は恐れていた。もうこれ以上一緒に暮らすことはできないし、早くその日が来ることを強く望んでいたものの、同時に私はその日が来ることを恐怖していた。

その日が来たらどうなる？

私はあの話をせずにはいられないだろう。疑惑を胸に抱いたままここを去ることなどできそうにない。

彼は真実を話してくれるだろうか？　真実を話してくれたとして、告発する気など全くないという私の気持ちを信じてくれるだろうか？　私の知らない彼の暗く酷薄な部分は、どんな結論を出すだろう。新生活を始めようとしている彼にしてみれば、私はただの邪魔者に過ぎなくなる。だとすれば、さしずめ今夜などは、私を消すには最適の夜だといえるのではないだろうか。

アパートを引き払ってからは、一度も顔を見ていません。

そう答える彼の顔が目に浮かぶようだった。

行きもしないベトナム行きの話を何度もして聞かせたのは、友人たちが私の現れないことを騒ぎ出したら面倒だと彼が考えてくれないかと願ったせいでもある。私は彼と別れたあとも生きていたい。彼のいない人生を味わってみたい。私を処分して、彼がすっきりしてあの子と新生活を始めるのが許せないというのもあった。

そう思いながらも、どこかでもう一人の私が囁くのが聞こえる。

いっそ今夜、私を殺してくれないだろうか。今夜限りで私の人生を終わらせてくれないだろうか、と。

ふわりと風が頬を撫でた。

窓の外の濃い闇に目をやる。さながら、その風は死からの誘惑のように思えた。

それはそれで一つの結末。胸の中でそう呟く。

自分の中に、ひどく刹那《せつな》的な部分があることは子供の頃から自覚していた。自分の痛みをひとごとのように流してしまえる自分がいた。何もかも消えてしまえばいい、自分の存在を抹殺してしまいたい、と願う瞬間が繰り返し訪れた。

例えば死、例えば別離。

無数の結末のうちの一つを私が選んだとしても。

それでも世界は続いていくのだ。

私はだらしない姿勢で窓まで這ってゆき、網戸の向こうの闇を見つめた。

あの男が死に、彼が今夜私を殺し、どこかに埋められた私が骨になっても、彼は彼女と暮らし、世界は続いていく。

スーツケースの上の春雨サラダも、今夜ここで交わされる会話も、記録されることなく消えていってしまう。私の死が一つの結末なら、この春雨サラダは無数の泡の一つに過ぎないのだ。

何度も繰り返し味わってきた刹那的な瞬間が今また訪れるのを感じ、身体が重くなる。

息苦しくなって、網戸から吹き込む風を吸い込む。

窓の外の、小さな児童公園が、今は遠いものに感じられた。

かつては私たちの庭、私たちのベランダだったのに。

似てる。すごく似てるよな、僕ら。

彼の上気した声が聞こえる。

私と彼は、ひどく寝苦しい夜など、家を出て隣の公園のブランコに座ってビールを飲んだ。暗い公園でブランコを揺らしながら話すのはとても親密さを増すことのように感じられ、家の中ではできない話もそこでならできた。一緒に暮らし始めた頃は、よく外で何時間も話をしたものだ。

公園の街灯の明かりに浮かび上がる彼の髪の毛。キイキイというかすかなブランコの音。

彼の手の中で汗を掻いているアルミの缶。

今こそ、あのブランコに座って一年前のことを話し合うべきなのかもしれないが、もう二人で並んであのブランコに座ることはない。

子供の頃は、いつもブランコに乗る順番を待っていた。けれど今はブランコのほうが誰かが来るのをずっと待っている。大人になるということは、ブランコの順番が必要でなくなるということなのだ。

私たちは随分遠いところまで来てしまった。そして、今夜はいったいどこまで行けるのだろう。

私は反射的に背筋を伸ばす。

彼が帰ってきた。

いつも、彼の足音には身体が反応する。彼が階段を上ってくるとすぐに分かる。

ドアのノブが回り、がちゃりと扉が開いた。

「お帰り」

私は穏やかな笑みを作り、自分を殺そうとしているかもしれない男を出迎える。

3

緑茶のペットボトルの入ったビニール袋は重かった。

僕はドアを開けながらも、指に食い込んだビニールの持ち手のせいで手が冷たくなっているのを気にしていた。

食料品というのはこんなに重いものなのか。

そう思ったのは、高校を卒業してアパート暮らしを始めた時だった。もちろんお金も無かったし、食費を安く上げるために極力自炊をしていた。僕は、この世代には珍しく、子供の頃からファーストフードがあまり好きではなかった。

ジャガイモに玉ねぎ、キャベツにリンゴ。サラダオイルにツナの缶詰。

食料品とは、イコール生き物なのだ。生き物はこんなに重いのだ。

僕はそんなことを考えながら、近所のスーパーに通い、少しずつ自炊に慣れていった。料理は嫌いではなかったので、なるべくまとめ買いをして、いろいろ工夫したものだ。

いつだったか、サークルの友人の家に遊びに行った時、驚いたことがある。彼はパチンコが大好きで、生活用品のほとんどをパチンコの景品で得ていたが、インスタント食品が大好きな男で、自宅での食事は全てカップラーメンや出来合いのもので済ませていた。

「買い出ししていこうぜ」

彼が買い物に行くと、いつもカップラーメンやスナック菓子ばかり選ぶので、ビニール袋はひどくかさばっていたが、受け取るとその軽さに戸惑った。

こっちは生きてない食べ物なんだな。

カップラーメンの新商品を嬉々として説明する友人を見ながら、そんなことをぼんやり考えたことを覚えている。

「お帰り」

暗い廊下の奥から、彼女がこちらを見ていた。

生きている彼女が。

僕は視線を逸らすように足元に目をやって靴を脱ぎ、部屋に入る。外の解放感に比べ、家の中は静まり返っていて息が詰まるようだ。

「煙草あった？」

「うん」

僕は頷きながら緑茶のペットボトルと炭酸の壜《びん》をビニール袋から出して彼女の前に置き、胸ポケットの中の煙草を手で叩いてみせる。ビニール袋は湿っていた。

「炭酸も買ったの？　重たかったでしょ」

「うん。手がちぎれそうだ」

僕は強張《こわば》った手を開いた。掌に、ビニールの跡がついている。

「あまり壁には残ってないよね」

彼女はそっくり返るように畳に手をついて天井を見上げた。

煙草のヤニの跡のことを指しているのだ。確かに、家具を運び出したあとも壁にはあまりくっきりとした痕跡は見られなかった。天井は木だから目立たないだけかもしれないが。

「気をつけて吸ってたからね。公園に行ったりして」

彼女は煙草を吸わないし、女の子は髪や服に煙草の匂いがつくのを嫌がるものだ。僕もかつては酒を飲んだ後か仕事が一段落した時しか煙草を吸わなかったので、この部屋ではほとんど吸っていなかったのだ。

しかし、この一年で、急に量が増え、今は一日一箱では収まらない。

そう、あの旅のあとからだ。あのあと僕の煙草の量は急激に増え、それを口実に外に出て公園で煙草を吸う時間も増えた。それは彼女から逃げるためだったと今にしてみれば分かるのだが。

彼女はビニール袋に手を伸ばすと、いつもの習慣で細い紐状に握り、くるりと真ん中で一回縛った。ビニール袋はすぐに溜まってしまうので、ひと結びして片付ける癖がついているのだ。その無意識の手つきを見ていると、不意にある場面が浮かんできた。

青いチェックのシャツを着た女が、草むらにかがみこんでいる。

彼女だ。彼女が一人、黙々とかがみこんで何か作業をしている。

彼女は何かを結んでいる——罠のようなものを拵《こしら》えている。

そう、たいした道具はいらない。どこかに足を引っ掛けるようにしておくだけでいい。あとで罠の痕跡を消してしまえば、事故死で済む。簡単なことだ。昔、林間学校で高原に行き、草を結んでおく悪戯《いたずら》があった。駆け回っているうちに躓《つまず》いた奴がいたっけ。あんな他愛のない悪戯でも、いつも誰かが引っ掛かる。

「実はね、ピアス片方失《な》くしちゃったの」

急に彼女が口を開いた。

「ピアス？」

「うん。引っ越しの準備の最中に落としたみたい」

そう言いながらも、彼女はあまりそのことに興味はなさそうだった。

「パールピアスだったらそのまんまユーミンだな」

「そんな高級なもんじゃないわ。ジルコニアよ」

彼女は髪を上げて、左の耳を示す。いつも埋まっている穴が、今はぽつんと開いたままだった。なぜかその穴を見て、僕はひどく動揺した。そのほんの小さな穴は、とても生々しく、無残に感じられたのだ。

「ひょっとして、いつも着けてたやつ？」

「そう」

「いつ気が付いたの？」

「今朝」

彼女はいつも小さな目立たない透明な石のピアスを着けていた。それを失くしていたとは。僕は思わず畳の上を見回していた。

「まだその辺りに落ちてるんじゃない？　あんな砂粒みたいに小さなピアス、畳のすきまに入ったら分からないもんな」

「もしくは、どこかの段ボールに入ってるか、ね」

彼女の口調はあきらめムードで、見つかることは期待していないようだった。

が、ふと何かを思い出したように口を開いた。

「そういえばユーミンの『真珠のピアス』でさ」

彼女はちらりと僕を見る。

僕はユーミンの名前を出したことを後悔した。考えてみれば、まさに今の僕たちは「真珠のピアス」の状況だ。

「前にね、友達と意見が分かれたことがあったの。知ってるよね、歌詞」

「うん」

高校時代につきあっていた女の子が松任谷由実の熱心なファンで、全部のアルバムを持っていた。僕は人気があることは知っていたけれど、そんなにいい声だとは思わず、なぜあんなに人気があるのかよく分からなかったが、彼女がいちばん最初に貸してくれたアルバムが『PEARL PIERCE』だったのだ。好きな女の子の薦めるものだから、半ば渋々聴いたものの、歌詞やメロディ、そして常に超音波が出ているようなあの声にすっかりやられてしまい、その後はこちらから他のアルバムも貸してくれるよう頼んだ。だから、もちろんアルバムのタイトル曲である「真珠のピアス」はすっかり覚えてしまっている。

「あの中に、こういうのがあるでしょう」

そう言って、彼女はその箇所を歌ってみせた。

彼のベッドの下に片方捨てた
Ａｈ…真珠のピアス

彼女は声量はないけれども、とても音程が正確だ——本当に、この歌はなんと今の状況にピッタリなのだろう。僕は、同時にそんなことを考えながら、別の部分の歌詞を思い浮かべていた。

もうすぐかわいいあの女《ひと》と
引越しするとき気づくでしょう

彼女は平然と話を続けた。

「今別れようとしている男の部屋を最後に訪れた時、ベッドの下に自分の真珠のピアスをかたっぽ捨ててくる。こういう歌だよね」

僕も負けず劣らず無表情に答える。

「それがどうしたの」

「要はね、この女は残りのピアスを持っているのか、いないのかってところで意見が分かれたの」

「つまり？」

僕にはまだ意味がよく分からない。

彼女は次のビールを開けて、一口飲んだ。まだワインを飲む気はなさそうだ。

「あたしはね、この歌をこんなふうに解釈したの。たぶんこの真珠のピアスは、二人がいちばんいいムードだった時に彼が買ってくれたもので、彼女はそのピアスを前にこれからのことを考えている。もう二人の別れの気配がすぐそこまで迫っていて、修復できる望みはない。彼は既に他の女との人生を考えているから、もう自分はこのピアスをすることは永遠にないだろうと考える――別れた女から貰ったものなんて、どんなに高価でも、どんなに似合ってたものでも、絶対身に着けないでしょ？」

いきなり僕の顔を覗きこんできたので、僕は苦笑しながら頷いた。

彼女はちらっと笑ってみせ、話を続ける。

「だから、彼女はもうこのピアスを処分することにする。恐らく彼女は一人で思い出の場所に行き――たぶん海だと思うけど。もしかすると、彼にピアスを貰った場所かもしれないね――片方捨ててくる。で、彼の家に行き、最後の時間を一緒に過ごして、もう一つのピアスを彼のベッドの下に置いてくる。だから、彼女の手元にもうピアスはない。そう考えたわけ」

「なるほど、分かった」

僕はようやく納得した。

「彼のベッドの下に、『片方捨ててきた真珠のピアスの残り一つ』を捨てたってことか」

「そう」

彼女は嬉しそうに大きく頷いた。

「だけど、友達は、文字通りに解釈するのが普通だって言うの。『彼のベッドの下にピアスの片方を捨てた』って」

「残りのピアスは今も持ってるってことだよね」

「そう。歌詞カードを見ると、『彼のベッドの下に』と『片方捨てた』は繋がってるの。彼女はそれが証拠だって言うのよ。もしもあたしの解釈だったら、『彼のベッドの下に』と『片方捨てた』の間を一字空けるはずじゃないかって」

「ふうん、確かに」

僕は感心しながらも、女の子たちの松任谷由実の歌に対する思い入れに怖いような微笑ましいような複雑な気分だった。以前、二枚組のベスト・アルバムが出た時、出張で新幹線に乗ったら、少し上の年代の女性が何人もそのアルバムを聴いていて、皆どっぷりと一人の世界に浸っていて恐ろしいと思ったことがある。

「でもね、後のほうに、こういう歌詞があるじゃない」

彼女は、僕が友人の意見に同意したことが気に入らなかったらしく、口を尖らせてその箇所を歌ってみせた。

どこかで半分失くしたら
役には立たないものがある

「これは、もう既に片方失くなっているから、もう一つを持ってても仕方がないって意味なんじゃないの？」

僕は首をひねった。

「それはこうも解釈できるじゃん。彼のところに私の心の半分を置いてきたから、もう今の私は私じゃない。そのほうがストレートな解釈だと思うけど」

「ふうん。あなた、意外にロマンチストだったのね」

彼女は本当に意外に思っているらしく、まじまじと僕の顔を見た。

「何年も一緒に住んでいても、知らないことってあるものね」

これは独り言のようだった。

知らないこと。もちろん、一人の人間の全てを知ることなど不可能だ。むしろ、知っていることを数えたほうが早い。自分のことだってほとんど知らないのだから。僕だって彼女のことなど何も知らない。かつては知っていると思ったことでさえ、今は自信がない。

かつて、僕たちは互いをおのれの半分のように感じていた。それはある時期、真実だったのだと思う。

彼女はじっと窓のほうを見ている。左側の彼女の横顔を、僕は不思議なもののように眺めている。

ふと、僕は彼女の右の耳が気になった。

左の耳に開いていた、シミのような小さな穴。

いつも着けていたピアスを片方失くしてしまったら、彼女はもう一つをどうするのだろうか。

「ねえ、じゃあ、右のピアスはどうしたの？」

僕はそう尋ねていた。

「捨てちゃったの？」

彼女はニヤリと笑った。そして、右の耳をそっと手で押さえると静かに僕を見た。

「どうしたと思う？」

試されている。

彼女は、僕がどう思っているのかを本当に知りたがっていた。

どこかで半分失くしたら、役には立たないものがある。

頭のどこかで、あの男がそう囁くのを聞いたような気がした。

4

「真珠のピアス」に関して言えば、私は自分の説に自信を持っていた。

女は過去を断ち切ることの出来る生き物。男が時代小説に仕事のヒントを求めたり、過去の女を自分の勲章のように数え上げたりしているあいだも、女は今と未来しか見ていない。むろん、過去を引きずってしまう女もいるし、私の中にもそういう女はいる。それは否定しない。しかし、私の場合、普段はそういう女には別室にいてもらう。彼女には、時間があってゆっくり自分を憐れみたい時のゲストとして待機していてもらい、たまにリビングに呼んで、思う存分自己憐憫《れんびん》に浸る。女には、自己憐憫という娯楽があるのだ。

少なくとも、私は残りのピアスを取っておくようなことはしない――今回のような場合を除いては。

ずっと愛用していたピアスを失くしたというのは半分嘘で、半分本当だった。

ピアスの片方は、彼のカバンの外ポケットに入っている。

彼がカジュアルで使う、ワンショルダーの、革のカバンの外ポケットに。

私は、彼の脇に置いてある飴色のカバンを見つめる。

使い込まれたカバン。寛《くつろ》いでいる小動物のようなカバン。私のピアスの片方が入っているカバン。

私たちはカバンが好きだ。どうしてシーズン毎に、いつも似たようなものを買ってしまうのだろう。可愛らしいポケットや、ちょっとした「機能的な」仕切りにすぐに騙されてしまう。そして、沢山ある「機能的な」はずのポケットは、日常の中でたちまちブラックホールと化すのである。

それは、たまに思い出したようにカバンのポケットを探ってみればすぐに分かる。

映画の半券、探していたタクシーの領収証や、取れたカーディガンのボタン、せっかく書いてもらったアドレスのメモなど、かつてはとても必要なもので、そこらじゅうを引っくり返して探したものが、波うち際に打ち上げられた漂流物のように色褪《いろあ》せた状態で出てくる。そして、取り出したもののすっかり賞味期限切れで、結局またどこかどうでもいいところにしまいこまれて二度と出てこない。

私は、愛用していたピアスの片方を、昨夜彼のカバンの外ポケットに入れた。

ポケットの底の隅に、用心深くそっと。

どきどきした。地雷や罠を仕掛ける気分とはこういうものなのかと思った。

カバンのポケットのその部分だけが、ほのかに光を放っているように見えた。

彼はいつそのことに気付くだろうか。

明日かもしれない。数ヵ月先かも。もしかすると、一生気付かぬまま、カバンごと処分されてしまうのかもしれない。

私はその場面を想像した。

革が真っ黒になり、あちこち擦り切れて穴の開いたカバンがごみ捨て場のがらくたの上に載っているところを。

なぜそんなことをしたのかは自分でもよく分からなかった。

感傷なのか、保険なのか。

彼の顔を見つめながら考える。

私の右の耳にピアスが残っているかどうか考えている彼の顔は、ひどく真剣だった。

彼が何かを真剣に考えている顔は好きだ。

何かを真面目に考えている時、彼の表情には独特な影が射す。うまく説明できないのだが、心の防備に長《た》けた彼が普段見せることのない、彼の奥底にある鬱屈《うっくつ》が表面に浮かび上がるような気がするのだ。

いつだったか、彼は、私が熟考しているのを見ていると、どこからか潮騒《しおさい》が聞こえてくると言ったことがあった。その時は詩的だと思ったけれど、今考えてみると私の中の不穏さを指摘されていたのかもしれない。

ならば、彼の熟考に見えるのは光だ。静かな闇の中にぽつんと一ヵ所スポットライトが当たっているのが見える。しかし、そのライトの中には誰もいない。

「着けている」

彼は、思い切った声で言った。

私はにっこり笑った。

右の耳を押さえていた手を離す。指先に固い石の感触が残っている。

「当たり」

私の耳に着いているジルコニアのピアスを見て、彼は一瞬黙り込み、それからホッとしたように表情を緩めた。

「よかった」

彼がワインのボトルに手を伸ばしたので、私はプラスチックのカップを探した。

「飲む？　あ、コルク抜き、ない」

今になって、コルク抜きも荷物に入れてしまったことに気付く。

「大丈夫」

彼は畳の上のカバンを引き寄せた。

思わずハッとする。

彼は無造作にカバンを開け、底のほうを手探りしてアーミーナイフを取り出した。缶切りやハサミなど沢山の機能の付いた、いつも持ち歩いている折り畳み式のものだ。スイス製のものだから、ちゃんとコルク抜きも付いている。

私のピアスが入ったポケットには、手を触れもしない。

彼が手際よくワインを開けるのを見ながら、私はちょっとだけ傷ついた。髪型を変えたことを気付いてもらえなかった女の子のような気分。

なるほど、こういう場合もあるのね。

プラスチックのカップにワインを注いでもらいながら、「真珠のピアス」の別の可能性についても考えた。相手が鈍い男だった場合、せっかくベッドの下にピアスを放置しても、引っ越しのドタバタと、ベッドの下の埃《ほこり》（長年動かさなかったら、大層な埃が積もっているはずだ）に紛れて、そのことに気付いてもらえない可能性である。少なくとも、私の砂粒みたいなジルコニアのピアスでは、まず気が付いてはもらえまい。

なんだかおかしくなる。

「何笑ってんだよ」

「なんでもない」

笑いを嚙《か》み殺《ころ》してから、私は彼にカップを渡してワインを注ぎ返した。

「なんで着けてると思ったの。あたしは手元にピアスを残さないほうの説だったのに」

今度は、彼が軽く笑った。

「アキは、人一倍冷静だけど人一倍感情的だもの」

無意識のうちに顔がひきつっていた。

かつては嬉しく聞いた台詞《せりふ》が、なぜこの時期だとこんなにも心に突き刺さるのだろう。

彼はすぐにそのことに気付き、かすかな後悔を覗かせる。

「なによ、その台詞、そっくりそのまま返すわ」

私は明るく睨みつけ、ワインボトルの口を指でさっと拭った。

「あたしたち、似た者どうしなんだから」

そう言い添えると、口の中が急に苦く感じられた。

慌ててワインを飲む。

彼もカップに口をつけた。

二人の気まずさを宥《なだ》めるように、窓から風がふわりと忍び込んでくる。

急に疲労を感じ、私は黙り込んでちびちびワインを飲んでいた。

彼も同じくワインを飲みながら、コルク抜きの先を指で弄《もてあそ》んでいた。

早く畳めばいいのに。

彼の指は白くて長い。その指先が、螺旋《らせん》状になったコルク抜きの先端をそっと撫で続けている。

深い臙脂《えんじ》色の、折り畳みナイフ。

ふと、デジャ・ビュを感じた。

これと同じ光景をどこかで見たことがある。そんな気がしたのだ。

「チーズ、食べる?」

彼は思い出したように、スーパーの袋に目をやった。自分がコルク抜きをいじっていることに気付いていないようだ。ずっと指先が鋭い切っ先に触れているのを見ているとひやひやする。

「うん。ヒロは?」

「俺、サラミ食う」

彼はやっとコルク抜きをいじるのをやめ、スーパーの袋からサラミの塊を取り出した。辛いもの好きの彼が気に入っていた、黒胡椒《くろこしょう》のたっぷり入ったタイプである。

器用にサラミを切り分けるのを見ていると、ますますデジャ・ビュは強まった。

いつかもこれに似たものを見た——

頭の中に光が射し込む。緑の影が揺れる。

「あの時」

反射的に、口から言葉が飛び出していた。

「そのナイフを使わなかったのはなぜ？」

「え？」

彼が固まったような表情で私を見た。

厳しい傾斜が続いて、私たちは汗だくだった。

まだ暦《こよみ》では初夏のはずだったのに、S山地は思いがけない快晴で、今年初の夏日になるのは確実だった。

鬱蒼《うっそう》とした古い森の中だったので、直射日光を受けることはなかったものの、完全な山道だったため私たちは肩で息をしていた。

いったい体内のどこにこれだけの水分があったのかと思うほど、あとからあとから大量の汗が流れ出してきて、目に汗が染み、シャツには塩が吹いている。

もっとも、先頭を歩く男は全く息も切らさず、ろくに汗も掻かず、文字通り涼しい顔でひょいひょいと私たちの行く手を進んでいく。

いくら男が野外ガイドで、私たちが日頃エアコンとパソコンにしか親しんでいないからとはいえ、私たちが二十代で男が五十代半ばだということを考えると、些《いささ》か情けない状況だった。

それでも一気に百メートル近くを登り、踊り場のような場所に出た。

息の上がっている私たちを振り返り、男は休憩しよう、と申し出た。

我々は声もなく頷き、背負っていたリュックを降ろし、首に巻いていたタオルでゆっくりと顔を拭った。カッカとして全身が熱く、そのくせぐっしょりと濡れた汗は冷たかった。

ごくごくと水を飲んだが、喉の渇きのほうが優《まさ》っていて、別の方法で身体を潤《うるお》すことを執拗に求めている。

「そういや、オレンジがある」

同じことを考えていたのか、彼がリュックに手を伸ばした。

「いいかも」

会社の先輩にトレッキングの好きな人がいて、何度か一緒に出かけたことがあり、「外を歩く時はみかんが一番だよ。少しで渇きが治まるし、トイレも近くならない」と言われたことを覚えていたのだ。それで、なんとなくオレンジを幾つか持ってきていたのだが、彼のリュックに入れてもらっていたのをすっかり忘れていた。

彼はオレンジを取り出し、ごそごそと手で弄《いじく》っていた。

「何してるの？」

「割ろうとしてるんだけど、うまくいかないや」

「皮剝いてみようか」

「オレンジって、中の皮が軟らかいから、剝くの難しいんだよな」

彼は暫くオレンジに爪を立てようとしていたが、うまくいかないようだった。

「これ、使えば」

立ったまま周囲を見回していたあの男が、使い込んだ折り畳みナイフを取り出して彼に差し出した。

「すみません」

彼はナイフを受け取ると、慣れた手つきでナイフを開き、オレンジを四つの櫛形《くしがた》に切り分けると、私とあの男に一切れずつ渡して寄越した。

オレンジは生ぬるくなっていたものの、その柑橘《かんきつ》系の香りは、確かに疲労を和らげてくれ、喉の渇きを宥めてくれた。

「果物って偉大」

私はそう感嘆した。彼はオレンジをしゃぶりつつも同意の声を漏らし、ペットボトルの水をナイフに振り掛けて果汁を流してからタオルで拭いて、「ありがとうございました」とあの男に返したのだ——

「あの時だって、持ってたはずでしょ。実際、あのあと、ナイフを使うところ見たわ。宿に戻ってから、サラミ切って、食べたもの」

私は彼の手元を見た。

あの時も、このサラミだった。

彼は奇妙な表情で、サラミとナイフを握ったままじっとこちらを見ている。

「よく覚えてたな、そんなこと」

「今思い出したのよ」

自分の声がカラカラになっていることに気付く。

今の彼の声に、何か感情が含まれていなかったかと反芻する。怒りとか、憎悪とか、狼狽《ろうばい》とか。

そんな響きはなかっただろうか？

彼は、初めて見るもののように自分のナイフを見つめていた。

「そうだ。そうだった」

彼は独り言のように呟いた。

「俺も思い出したよ。あの時、ナイフは無かった。だから、オレンジを手で割ろうとしたんだ」

「でも」

私が畳みかけようとすると、彼は遮った。

「あの日、ナイフはいつも入れている場所に無かった。誰かがあの日出発する前に、俺のリュックからナイフを抜いたんだ。で、あとからまたリュックに戻した。本当だ」

もちろん、私には彼の言葉が信じられなかった。

5

折り畳みナイフ。

僕は、自分の手の中にあるナイフを見下ろしていた。

彼女が白い顔をして僕を見ている。白い。そうとしかいいようのない顔だった。

ナイフ。すっかり忘れていた。

確かに、あの日、僕のリュックの中からナイフは消えていた。あの時は深く考えず、疲れていてリュックの中を丹念に探さなかったせいだと思っていたのだが、今改めて考えてみると、やはりあの日昼の間だけ、僕のリュックからナイフが抜き取られていたと確信せざるを得なかった。

しかし、不思議だ。夜にはナイフは確かに戻っていたし、あの男は転落死したのであって、ナイフで刺されたわけではなかった。あのナイフを抜き取った人物は、なんのためにそんなことをしたのだろう？

奇妙な心地になった。どうして彼女はこんな話を始めたのだろう。

僕は、無言でサラミを切り始めた。

彼女は僕の手元をじっと白い顔で見つめている。

「アキが抜いたんじゃなかったのか」

「あたしが？」

彼女は心外だという声を出し、気色《けしき》ばんだ。

「だって、他に誰がいる？」

僕がナイフを持ち歩いていたことを知っていたのは彼女だけだ。

「どうしてあたしがヒロのナイフを取らなきゃならないのよ」

「知らないよ。何かに使おうとして俺のリュックから拝借して、戻すのを忘れてたとか、そういうことじゃなかったの」

サラミにナイフがくいこんでいく手ごたえ。僕はこの手ごたえが好きだ。黒胡椒の香りを鼻に感じる。

「あたしじゃないわ」

彼女は左右に強く首を振った。

「でもさ、考えてみろよ、アキ以外には無理だろ。だって、ほとんど他の人と接触しなかったんだから」

「うーん」

彼女は詰まった。理性では僕の意見に賛成せざるを得ないのだろう。

僕らのあの旅は、ゆったりした日程で組んであった。電車でA県に入り、最初の晩は、文字通り海の中に湧き出ていることで有名な温泉に泊まった。翌日、世界遺産であるS山地に詳しい野外ガイドと待ち合わせ、初日は山に登り、翌日は点在する湖を巡るコースを案内してもらった。ガイドであるあの男以外、僕たちはほとんど誰かと話らしい話をしなかったのだ。宿の人とは事務的なやりとりしかしていないし、金目のものを盗むのならまだ話は分かるが、わざわざナイフだけを危険を冒して持っていくはずがない。

彼女は、鼻に拳を当てて、じっと考えこんでいたが、やがてぽつりと漏らした。

「おかしな話ね。でも、あたしじゃない」

「変だな」

「あなたが何かに使っていたのでなければ、もう一人だけあのナイフを抜き取れた人間がいるわ。あれは、ツアーの二日目だったもの」

彼女は鋭い目つきで僕を見た。それは、僕だって気付いていた。

「あいつが？　まさか。なぜあいつが俺のナイフを？」


がっしりした男だった。

歳よりはずっと若く見えた。むろん、毎日身体を動かしている職業だし、大自然と共に暮らしているのだから、身体能力は僕たちよりも高くて当然だ。しかも、彼には、どこか洒脱な雰囲気があった。

僕は好感を持った。他人に安心感を与える男だった。

「二日間、よろしくお願いします」

「こちらこそよろしくお願いします」

挨拶《あいさつ》する僕たちに、男は几帳面《きちょうめん》に頭を下げた。

「徐々に慣らしていきましょう」

僕たちは、前日温泉宿で男とコースの打ち合わせをしていたので、この日はもう初対面ではなかったが、山の中で見るとまた違う印象だった。我々のような都会人は山の中では浮いてしまうのだが、野外活動に慣れている人間は、風景にしっくりとよく馴染《なじ》む。我々が緊張しているのに比べ、彼らは寛いでいるからだろう。

空は晴れ渡っていて、朝なのに空気は既にカラカラで、このあと数時間後にはムッとする暑さになることを予感させた。

初夏の平日で、まだシーズン前の山は静かだった。

山は鬱蒼としていて、どことなく不穏だった。あまり人の手が入っておらず、太古から続く剝き出しの力を秘めていて、機嫌を損ねるととんでもないことになりそうな気がした。

森はむくむくと動き出しそうで、僕たちは息を潜めて彼らの中に入っていった。

男が最初に連れていってくれたのは、美しい、不思議な色をした湖だった。

「綺麗」

彼女が呟いた。

コバルト色というのか、周囲の土の性質によるものなのだろう、深い青をした湖は、そこだけやけに涼しくて、ひんやりとしていた。

「夜のような湖」

彼女がそう呟くと、男は嬉しそうに頷いた。

「確かに。いつも中に星空がある」

美しかったが、僕はなんとなくその湖が怖かった。覗き込むと、見てはいけないものが見えそうな気がしたのだ。


「初日、夕方一緒にビールを飲んだじゃない」

彼女が冷静な声で指摘した。

「あの時なら、あなたのリュックに触れることができたわ。あたしたち疲れ切ってたし、電話を掛けに行ったり、ビールを買いに行ったりして荷物から離れていたし」

「最初はどうかなと思ったけど、なかなかの健脚でしたね。駄目な人は全然駄目なんですよ、若い人でも。最近の若い子は、足の裏が発達してないから」

男は、一日を過ごした後でも、丁寧な言葉を崩さなかった。そういう主義なのだろう。

傾いた太陽の光が、宿のロビーの大きなガラス窓から射し込んでいた。

初日のトレッキングが終わり、宿のロビーで簡単な反省会と翌日の打ち合わせをしていたのだ。ほっとした空気が溢れ、僕たち三人はビールで乾杯した。

「でも、筋肉痛が出るのはあさってですよ」

彼女がそう言って笑った。

「何かスポーツをやってたんですか？」

男は尋ねた。僕は頷いた。

「中学、高校と硬式テニスを」

「私たち、大学のテニスサークルで知り合ったんです」

「仲がいいんですね。カップルで山登りに来る人って、若い人では珍しい」

「そうですか？」

僕たちは顔を見合わせ、まだ暫く反省会が続きそうだと思い、彼を部屋に誘った。彼は固辞したが、明日のコースをチェックしなければならなかったので、そのことを理由にすると渋々部屋に来てくれた。

僕たちは打ち合わせと共に、少しプライベートな話をした。

男は言葉少なに自分のことをぽつぽつと話し始めた。

僕は、ナイフでサラミとチーズを切って彼に差し出した。彼は礼を言って、少しだけ口にした。

地元の出身ですか、と聞くと、彼は首を振って「東京です」と答えた。

元々山男でS山地には若い頃から通っていたが、海外転勤の話を機に会社を辞め、こちらに移り住んだそうだ。若い頃に離婚してからはずっと独り者だったが、こちらに住むようになって地元の歳の離れた娘と結婚し、最近子供が生まれたという。

「まあ、おめでとうございます」

彼女がにっこり笑うと、男は照れた。

「この歳でパパになるとは思わなかったです。まだまだ頑張らないと」

大変だな、と僕は思った。子供が成人する頃、男は七十代だ。

「初めてのお子さんだったら、可愛いでしょう」

「ええ、とても可愛いです。想像もしなかった可愛さですよ」

男は相好《そうごう》を崩した。

「写真はお持ちじゃないんですか」

僕はそう聞いてみた。子煩悩《こぼんのう》な父親は、大抵子供の写真を持っているものだ。

男は更に照れた顔になったが、それでもいそいそと胸ポケットから写真を取り出した。

「何歳ですか?」

「じき二歳です」

ぽっちゃりした健康的な女に抱かれた、可愛い男の子。

「名前は?」

「森に一郎と書いて、森一郎《しんいちろう》です」

「ガイドさんの子供らしい名前ですね」

「可愛いな」

僕たちは、その写真に見入った。しきりに照れる男と、食い入るようにその写真に見入る自分たちのことを、僕は強く意識していた。

「そりゃあ、あの時だったらナイフを抜き取れたと思うよ。だけど、どうしてあいつがそんなことをしなきゃならないんだよ。第一、あいつもナイフを持っていた」

「今話しているのは、機会の問題よ」

彼女は低く呟いた。

「初日の晩、あなたはあの後はナイフを使わなかった。あの時持っていかれていても、次に使うまで気付かなかったでしょう」

「それは認める」

テーブルの上には、ガイドブックに地図など、いろいろなものが載っていた。自分ではナイフを片付けたつもりでいたけれど、あの時そっとナイフをポケットやバッグに忍びこませたら、気付かなかっただろう。

「でも、何のために？　もしかすると、間違って持っていっただけかもしれないし」

「あんな使いこんだナイフを持っている人が、こんな綺麗なナイフと間違えるかしら」

彼女は僕の手元のナイフに目をやった。彼女の言う通り、日常生活ではナイフを使う機会などあんまりない。僕自身、多機能ナイフのデザインに惹かれ、半ばアクセサリーとして持っていたことは事実だ。

「他人のナイフを持ち去るのはなんのため？」

彼女はしきりに自問自答した。「なんのため」と口の中で繰り返している。

僕は奇妙な心地になった。どうして彼女はこんなにナイフにこだわるのか。ひょっとして、僕の目を逸らそうとしているのだろうか。僕が彼女の犯罪を告発しようとしているのをかわそうとして？　それにしては、やけに真剣だし、本気でナイフの謎について考えているようにしか見えない。それとも他に何か目的があるのだろうか。

突然、彼女は顔を上げて僕を見た。

「気付いていたのかもしれないわ」

僕はぎくっとした。

「何に」

「あたしたちのことによ」

彼女の目は真剣で、きらきらと光っていた。

僕は肌寒さを感じた。彼女の目は、あの湖に似ていた。夜のような湖。いつも星空が浮かんでいる湖。覗いてはいけない湖。

「まさか。そんなはずはないよ。そんな気配を感じた？」

「いいえ。ちっとも」

彼女はあっさりと認めた。

僕はホッとする。

「だろ。その可能性はないよ」

だが、彼女は首を左右に振った。

「今、ひとつ思いついたのよ。あの人があなたのナイフを盗む理由」

「それは？」

彼女は無言で僕に手を差し出した。

「何？」

「そのナイフを見せてちょうだい」

僕はナイフを畳み、彼女に渡した。

彼女はこわごわナイフを開き、畳み込まれているハサミやコルク抜きや缶切りをいちいち広げてじっくりと眺めていた。が、何かに気付いてみるみるうちに顔が強張る。

「やっぱり」

「何がやっぱりなんだ？」

僕は急いで聞いた。なぜか胸がどきどきしてくる。

「彼はやっぱり疑っていたんだわ、あたしたちのこと。いつからかは分からない。あたしたちが熱心に彼の子供の写真を見ていたせいかもしれない。でも、疑っていたのよ。だから、あなたのナイフを盗んだんだ……そうよ、きっと、あなたがナイフを使っている時に気付いたんだわ」

彼女は暗い声で言った。

「他人の持ち物を盗むのはどんな時か。それは、持ち主の素性を知りたい時だわ」

彼女は広げたままのナイフを僕の目の前にそっと差し出した。

僕は、まじまじと目を見開いた。

ナイフの刃に刻み込まれた幾つかの文字。

「あの人は、あなたのナイフに名前が刻んであることに気付いた。それを確認するために、ナイフを盗ったのよ」

僕は、墓碑銘《ぼひめい》のように刻印された自分の名前を見た。

CHIHIRO・Tと飾り文字で刻んでもらった僕の名前を。

6

私は苦い気持ちで彼のナイフを見下ろしていた。

がらんとした部屋の、電球の明かりで見るナイフは不吉なくらいにキラキラしていて、思わず触れてみたくなるような魅力があった。その魅力的な刃に彫られた名前は、拭いがたい傷のように見えた。

光が見える。

木洩れ日《こもれび》ではない。ナイフに光が反射した鈍《にぶ》い光。

あの男がこのナイフの刃を引き出してこの名前を見ているところがまざまざと目に浮かんだ。

その表情は暗くて見えない。彼の手元の、ナイフだけが浮かんでくるのだ。

男は指でゆっくりとその文字をなぞっている。やがて声にならぬ溜息を漏らし、そっとナイフの刃を戻す。


「いつから気付いてたのかしら」

しゃがれた声が聞こえると思ったら、喋っているのは自分だった。

「証拠はない。あいつだという証拠は。本当に、持っていかれたのかどうかも」

彼はのろのろとそう呟いたが、その蒼ざめた顔が彼の言葉を裏切っている。第一、たった今、彼自身が絶対にナイフは無かったと主張したではないか。その矛盾に気付いているのかいないのか、彼は虚ろな目で畳の一点を見つめていた。

なかなか、あの男がナイフを手にしている姿が脳裏から消えていかない。

がっしりとした大きな背中。

その背中は、見ている私の質問を拒絶している。その表情も、感情も、こちらに伝わってはこない。

全身に冷や汗を感じていた。

今ごろになってこんなことが分かるなんて。最後の夜に、そんな。

私は思わずカップに残っていたワインを一息で飲み干した。

冷静になれ。冷静に。もう一度よく思い出してみるのだ。

私は努めて落ち着いた声を出そうと試みた。

「リュックから抜かれたとすると、初日の夕方よね？」

「もしくは二日目の朝」

私と彼は、互いの目の中に答えを探すように見つめあった。

生ぬるい風が、窓から吹き込んでくる。

それは、これまでのものとは異なる沈黙だった。

私たちの間で、何かが変質しかけていた。

もしも、あの男が私たちの正体に気付いていたのだとすれば、一年前の出来事は私たちにとっても全く違ったものになってくるのだ。

二人だけの夜に、あの男が過去からじわりと侵入してきたような気がした。

「何をきっかけに疑ったのかしら。ひょっとして最初から？」

「そんなはずはない」

彼は顔を上げ、怒ったような目で私を見た。

「あいつに当たったのは偶然だった。申し込んだ時点であいつに当たるとは分からなかったし」

地方自治体が支援しているS山地のガイド協会への申し込みは、彼がした。

「申し込みは、電話よね？」

そう尋ねると、彼は頷いた。

「やりとりも全部電話だった」

「何かプライベートな話、した？」

つい、詰問調になってしまう。彼はムッとしたようだった。

「大したことは言ってないよ。普段は二人ともデスクワーク中心の生活で、すっかり身体がなまってるからあまりきついコースにしないでくれとか、前から一度行ってみたかったので楽しみにしているとか、当たり障りのないことだけさ。アキだって聞いてたくせに」

「名前は？」

「それは二人で確かめただろ」

彼は苛立《いらだ》ちを隠さなかった。

「俺たち、全部現金払いにした。レンタカーも借りなかったし、クレジットカードも使わなかった。全くの偽名でも構わなかったけど、高橋という姓は珍しくないから苗字はそのままのほうが何かあった時にバレにくいだろうということで、高橋洋《ひろし》で申し込んだんだ。ただ自宅の電話からやりとりしてる分には、俺の本名は分からないはず。そりゃ、相手が本気になって俺の本名を調べようとしたら別だよ。ちょっと調べれば、すぐにバレちまうだろう。だけど、俺たちはただの観光客だった。はるばる電車でやってきた、そんなに高額ツアーでもないトレッキングの客の素性を調べようなんて思わないだろう。そう二人で結論を出したはずだ」

もちろん、私にも分かっていた。

あれはただの余興《よきょう》、ただのお遊びのはずだった。


S山地。

北東北にある、日本最大級のブナの原生林の残る山。

その名前は、随分前から私たちの間で、特別なニュアンスを持っていた。

いつかは、あそこへ。

口には出さなかったが、二人ともそう思っていたはずだ。

私たちは、しばしば旅に出た。かつての空白を埋める二人だけの旅。どこに行っても楽しかったし、お互いの存在が新鮮だった。

お金も無かったたし、歩くのが好きだった私たちは、見知らぬ町をえんえんと歩き回り、いろいろなことを話し合ったものだ。

こうしていても、映画の一こまのように、いろいろな景色が浮かぶ。

山間の静かな町。急な渓流の石橋の欄干《らんかん》にもたれかかり、子供の頃の話をしている彼。夢中になって話をしているうちに日暮れの早い山里は真っ暗になってしまい、慌てて宿を探したものの、暗くて道が分からず、手当たり次第に民家の呼び鈴を押して場所を聞き回ったこと。

刈り入れの終わった広い田んぼの中の道を、雨合羽《あまがっぱ》を着て歩いていく二人。

暖かい雨だった。風がなかったのであまり気にならなかった。むしろ優しい霧のような湿り気が心地好かったし、地面から立ち上る春の気配を胸いっぱいに吸い込んで、どこまでも歩いていけそうな気分になったこと。

または、田舎道の急な夕立に駆け出した二人。

小さな小屋になったバス停に駆け込み、タオルをかぶってじっと黙って軒からしたたる雨を見つめていたこと。

幸福だったゆえに、あまりにも遠い風景だった。二度と訪れることのない景色は、そんなに昔のことでもないのに、やけに古いセピア色をしている。

彼は、しばしばS山地のガイドブックを見ていた。

そのことに気付いていたが、私は一緒に見ようとは思わなかった。私も、一人の時にこっそりS山地のガイドブックを眺めていたからだ。その場所に対する憧憬《しょうけい》を口にすることは、なぜか二人の間では憚《はばか》られた。

季節の変わり目に、長閑《のどか》な空気が透き通る夕暮れに、だらだらビールを飲みながら、今度はどこに行こうかと話し合う。

もちろん、互いの頭の中にあの場所があることは承知している。

遠い目標のように、ブナの原生林が聳《そび》えていることも分かっている。

けれど、私たちはなかなかその場所を挙げようとはしなかった。

その場所は、私たちの到達点であり、終点であることを理解していたからだ。

いつかはその日が来ることを、私たちは随分前から知っていたけれども、その日がどんなものになるのかは、何も知らなかった。

しかし、その前触れは唐突にやってきた。

その瞬間のことは、今でもよく覚えている。

あれは冬。冬の始まりの夜。

彼は新しいマフラーを持っていた。淡いグレイの、彼によく似合う、趣味のよいマフラーだった。

へえ、いい色ね、どこで買ったの。

私は何気なくそのマフラーに手を伸ばした。

ふわふわして、ところどころに光る糸の入った、綿菓子のようなマフラー。

うん、こないだね。

そう呟き、これもまた無意識のうちに、彼はそのマフラーを私の手の届かないところにひょいと移動させた。

私の手は、つかむつもりだったものを失い、宙を泳いだ。

目の前で窓を閉じられたような虚しさと淋しさ。

その瞬間、私は確信したのだった。

彼は誰かに心を奪われている。

そして、その誰かから、あの綿菓子のようなマフラーを貰ったのだと。

彼はその誰かをとても大事に思っている。だからこそ、私に手を触れられることを無意識のうちに避けたのだ、と。

彼は気付いていただろうか。あの時私がそう思ったことを。

しかし、その日を境に、少しずつ私たちは離れ始めていたし、そのことは彼も分かっていたはずだ。

次の季節の変わり目。

冬から春に向かう、少し眠たげで、少し不穏な明るい夕暮れ。

私たちは、ビールを飲みながら、ついにあの場所を目的地に挙げた。

そして、一年前の夏、あの場所に向かったのだ。

名前をちょっと変えて申し込むという思いつきは、どこから出てきたのだろう。ガイドは何人もいたし、あの男に当たる確率は低かった。私たちは、おみくじでも引くような気持ちで出かけていったのだ。

今思えば、あの頃の私たちはなんと無邪気だったことだろう。甘酸っぱい、幼稚な思いつきで頭がいっぱいだった。まるで、小さな子供が他愛のない悪戯を仕掛けるようなものだった。二人だけでクスクスと笑い合えるような、親密さを反芻する個人的なお楽しみのつもりだった。

運がよければあの男に当たるかもしれない。もしかしたら、そんな偶然も起きるかもしれない。そんな淡い期待はどこかにあったけれど、まさか本当にあの男がやってくるなんて、二人とも予想していなかったのだ。

「そうよね。あたしは、高橋明子ってことにしたんだよね――タカハシヒロシと、タカハシアキコ」

私たちは、互いをヒロ、アキと呼んでいた。だから、偽名とはいえ、とっさにそう呼んでも不自然ではない名前を選んだ。

初対面の人間には、私たちはどこにでもいる平凡な夫婦に見えたはずだ。もしあの男が担当になっても、私たちはあの男が私たちの正体に気付くことは望んでいなかった。それは、ツアーの前に、互いに確認していたはずだった。

あの旅は、個人的な記念の旅だったが、それ以上でもそれ以下でもなかった。あの男が私たちの人生に介入してくる可能性などこれっぽっちも考えていなかったのだ。

もちろん、あの場所が私たちにとって特別だったのは、あの男がいると聞いていたからだった。いったい誰から聞いたのか、どこから聞いたのか、今となってはあやふやだ。

しかし、一度も会ったことのないあの男が、S山地でガイドをしている、という話は随分前から知っていたような気がする。

そんなに重要な意味はなかった。なにしろ、生まれてこのかた、見たこともない男なのだ。そここにいることは知っていても、現実の生活には関わってこないし、存在していなくても痛くも痒《かゆ》くもない。

ただ、時折持ち出して話題にする分には楽しかった。自分たちにもささやかなドラマがある、ということをどきどきしながら確認して、映画の登場人物のような気持ちになれるという点では。あの場所を旅の目的地に決めた時、何かのドラマを期待していなかったと言えば嘘になる。けれど、今なら分かるのだが、私たちが求めていたのは、あくまでも「ドラマの予感」や「ドラマの可能性」であって、ドラマそのものではなかった。

なのに、私たちを待ち受けていたのは、ドラマだった。

外側から眺めているはずだったドラマの登場人物になってしまったのだ。

そのことは私たちをひどく当惑させ、私たちの別離を決定的なものにしてしまった。

「知っていたのなら——もし知っていたんだったら」

再び、私は自分のしゃがれた声を聞いた。

登場人物になることにうんざりしているのだが、もはや最終回まで演じなければならない大根役者の声。

「いったい誰があの人を殺したっていうの——なぜあの人は死んでしまったの」

彼がぎくっとした目で私を見た。

が、一瞬ひどく穏やかな目になり、彼はゆっくりと言った。

「アキがやったんじゃなかったのか?」

私も彼の目を見る。

不穏な沈黙。

誰があの男を死に追いやったのか——あの旅で初めて会った、私たちの父親を。

7

高橋千浩《ちひろ》と藤本千明《ちあき》。


これが僕たちの名前だ。

高橋は母の旧姓で、僕たちは三歳まで一緒に育った。その後千明の苗字が変わったのは、千明はよそに貰われていったからだ。

母は詳しくは語らない。しかし、僕たちを産んですぐに身体を壊したり、実家が困窮していたりと、彼女を手放さざるを得ない事情があったらしい。

記憶の蓄積というのは、個人差がある。

僕の友人には、二歳くらいからはっきりと自分の人生を完全に連続して記憶しているという信じがたい奴もいるし、逆に小学校時代のことはほとんど覚えていないと言い切る、これまた別の意味で信じがたい奴もいる。

僕は、まあまあ普通だと思う。幼稚園に入る前や幼稚園の記憶はまばらで、ようやく記憶が繋がってくるのは小学校に上がってからだ。

正直なところ、僕にはきょうだいがいたという実感はあまりなかった。

そういえば幼い頃、家の中にもう一人子供がいたな、くらいの記憶はあるのだが、ものごころついた時には一人になっていたので、あれは近所の子供だろうと思っていた。

それは千明も同じで、彼女も自分は一人っ子だと思っていたという。

僕が千明のことで覚えているのは、彼女が音の出る靴を履いていたことだ。

千明にそういうと、千明は怪訝《けげん》な顔をした。

そうだっけ。あたし、よく覚えてないわ。

ほら、あの、子供がどこ行ったか分かるように、キュッキュッて鳴る靴があるじゃない。アキは活発な子供でさ、よくあちこち駆け回ってて、いつもあの音を聞いていたの、覚えてる。ピンクの、ちょっと底が厚いやつさ。

千明はそのことを覚えていなかったのだが、母も千明はとにかくすぐに駆け出していなくなるので目が離せなかったと言っていた。きっと、目に入るものに夢中で何も耳に入らなかったのだろう。

千明は千明で、僕のことを泣き虫だったという。

僕はそんなことはなかったと反論するのだが、ヒロはいつも真っ赤な顔して、気にいらないことがあると床にそっくり返って泣いてたよ、とニヤニヤするのだった。

千明がその話をする度に、僕は決まりが悪くなってそっと首をひねる。

つまり、自分のことはよく分からないということのようだ。

母は僕が小学校に上がる前に再婚した。

僕はすんなり新しい父に馴染んだ。元々、父親の顔も知らなかったのだから、違和感はなかった。ずっと本物の父だと思っていたし、血が繋がっていないと知ってからも僕にとってはただ一人の父だ。しかも、偶然新しい父の名字も高橋だった。時々、母が今の父と再婚したのは同じ名字だったからではないかと思うことがある。

千明にいつから養女だと知っていたのかと聞いたら、漠然とだが、なんとなくずっと幼い頃から気付いていた、と答えた。どことなく、自分のうちはよそのうちとは違うと感じていたらしい。かといって、特に引け目を覚えたということもないし、成長する折々に両親がそのことについてきちんと説明してくれたので、思春期を迎える頃には自分の中で納得できていたという。

僕も会ったことがあるけれど、彼女の両親は、実にさばけた、いい人たちだ。僕のことも歓迎してくれた。千明には内向的なところがあるが、彼らは彼女の性格を知り抜いていて、いつも大らかにがっちり受け止めてくれる。

子供の一人を養子に出したことについて、母の心境は複雑だったようである。めったに口にはしなかったものの、一度だけ、やっぱりあの時千明を手放すべきではなかった、どんなに苦しくても二人とも自分で育てたかった、と呟いたことがあったので、やはり母はずっと後悔していたらしい。

また、母は別のことでも迷い続けていた。

そのことを知ったのは、僕が成人してからのことになる。

僕たちの父親は、僕たちの存在を知らなかったのだ。

母は、当時の話をするのを好まないため、状況を把握するまでは結構時間が掛かってしまった。

要するに、父は母の妊娠を知らずに別れたのだった。根っからの自由人で、束縛を望まなかった父。結婚すれば落ち着くかと思われたのもつかのま、生来の旅好きで、一ヵ所にとどまることなど考えもしない男だったらしく、まさに「糸の切れた凧《たこ》」状態で、ほとんど家に寄り付かない生活だったという。

そして、このイメージは、そのまま僕の「産みの父親」のイメージでもある。

旅する男。いつも一人で、リュックを背負い、気持ちよさそうに周囲の景色を楽しみながら田舎の道を歩いている男。

母には妥協を許さぬ頑固なところがある。

そんな中途半端な状態が我慢できなかったから別れることにしたのだろうし、別れることにした男の子供を妊娠したことが分かっても、それを頼みに夫を引きとめようなどとは露《つゆ》ほども考えなかったらしい。結局、母は父に僕たちの存在を知らせなかった。

別れたあと、二人は二度と会わなかった。

連絡を取ろうにも、別れた時から——いや、そのずっと前から、既に父はほとんど音信不通でどこにいるのか分からなかったようだ。最後にどこかでケガをして帰宅療養している時に離婚届を渡したところ、返送されてきたのは再び家を出て半年以上経ってからだったという。

ここまで母から聞き出す頃には、僕は大学生になっていた。

そして、既に千明に出会っていた。

「あたしが？」

彼女は薄笑いを浮かべた。

その目は怒っているようでもあり、哀しんでいるようでもある。

「あたしがあの人を殺したって？　ヒロったら、そんなことを考えていたのね」

彼女の感情が声に露《あらわ》になったが、僕にはそれがどんな感情なのか分からなかった。

僕たちは無意識のうちに、互いの感情を読み取ろうとする。互いの心に触手を伸ばしあい、何かを吸い取ろうとする。友人であれ、同僚であれ、家族であれ、恋人であれ。

しかし、今この時、何を感じ取ればいいのだろう。非難か、憎悪か、深い疑念か。

僕の頭からは、あのイメージが消えない。

彼女が草の上にかがみこみ、何かしている。手を素早く動かして、草を結んでいる——

「違うのかい？」

僕はひどく冷めた声でそう答えていた。

彼女は苦笑した。

「あたしは、ヒロがやったんだとばかり思っていたわ」

「俺が？　どうして？」

僕は驚いた。

「そうね」

彼女はつかのま絶句し、考える素振りをしたが、小さく笑った。

「訂正するわ。正確にはこうよ——ヒロがやったんだったらいいのに、と思っていたの」

意表を突く答えに、僕は声を上げて笑っていた。

我ながらカラッとした、能天気な笑い声だった。

今度は彼女が不思議そうな顔になる。

「何がおかしいのよ」

「いや、そういうことだったんだな、と思って」

「そういうことって？」

彼女が訝《いぶか》しみながら自分のカップにワインを注いだ。

「俺もそう願ってたってことさ」

僕はカップに残っていたワインを飲み干した。彼女が、すかさず空になったカップにお代わりを注いでくれる。

頭は尋常じゃないほどに冴え渡っている。しかし、ようやくじんわりと酔いを感じ始めていた。身体の周りに一枚薄い膜が張ったような、あの懐かしい酔いの感触が、やっと僕に訪れてきてくれたのだ。

僕たちの思考回路が似ていることは、出会ってからさんざん実感してきたくせに、この期《ご》に及んで実感させられるとは思わなかった。

そう、僕は彼女が犯人であることを望んでいた。

あの男が死んでしまったことは、まさに青天の霹靂《へきれき》だった。あんな形で、あの男が僕たちの人生に乱入してこようなどとは、全く予想していなかった。

突然の乱入。

そして、僕たちの混乱。

僕は、あの男の死に何かの説明をしなければならなかった。自分を納得させる、アルバムにあの男の死をきちんとした形で収められるような説明を。

だから、僕は最も納得できる説明を生み出した——彼女が僕たちの父親を殺した、という素晴らしい説明を。

「どうして、同じことを望んでたんだろうな」

「分かってるくせに」

僕の独り言に、彼女は素早く反応した。

睨みつけるように、僕の目を見据えてくる。

少しの間僕はその視線に耐えていたが、やがて先に目を逸らしてしまった。

「分かってるくせに」

彼女はもう一度そう言った。

もちろん、分かっている。ただ口にしたくないだけだ。

僕は無言でまたワインを飲んだ。

そろそろ唇が黒くなっている頃だ。ワインを飲んだあと、鏡で自分の唇に残ったワインの残滓《ざんし》を見ると、犯罪の痕跡を発見した時のようにうろたえてしまうのはなぜだろう。

分からない。

僕は、窓に目をやった。

夏の闇の中で、静かに木々が揺れているのが見える。

何千回、いや、何万回も見たであろう公園の時計。

時計の針に、今夜も少しずつ夜が過ぎていくことを痛感した。

分からない。僕たちは罪を犯したのだろうか。罪とはいったい何なのか。ここ数日、そして、今日一日、こんなに罪ということについて考えたことはなかったような気がする。

「ただの事故だったのかもね」

彼女はあきらめたような口調になった。

「一人のガイドが足を滑らせて転落死した。ただそれだけのことだったのかもしれない。そのガイドが、あたしたちの父親だった。それは単なる偶然だし、あたしたちが彼の最期に居合わせたことも、とても珍しい偶然だっただけなんだわ。それを、あたしたちは、むりやり殺人事件にしようとしている。それだけのことなのかも」

分からない。

僕たちが何をしたというのか。

僕たちは間違っていたというのか。

彼女はそっと髪を掻き上げた。

「でも、あたしはヒロがあの男を殺したと思いたかった。そうすれば、あたしたちはこれからも永遠に逃れることのできない繋がりを持つことができるから。でしょ?」

彼女はもう一度僕の目を見た。

今度も、僕のほうが先に目を逸らした。

「俺たちはきょうだいなんだから、元々一生繋がっている関係じゃないか」

彼女は僕の白々しい台詞をせせら笑った。

「そうね。あたしたちはきょうだいなんだものね」

彼女は壁の一点を見つめ、僕の台詞を繰り返す。

「一生、きょうだいなんだものね」

再び、僕たちの間の空気が重くなり始めた。

さっきまでの冷ややかな、猜疑心《さいぎしん》に満ちた沈黙とは異なる、もっと濃密で、もっと罪深い、息苦しい沈黙が。

この沈黙には覚えがあった。かつて何時間もこんな沈黙が僕たち二人の間を埋めていた。あれは、これまでで最もつらい一時期だった。

彼女はおもむろに立ち上がり、トイレに向かった。

トイレのドアの閉まる音を聞きながら、僕は公園の時計の針を見つめ続けていた。

明るい春の光。青葉の輝き。

遠くから彼女が走ってくる。

そうだ、僕は彼女との繋がりを求めていた。終生断ち切ることのできない、強力な絆《きずな》を。

口の中に、苦いものが込み上げてくる。

どのみち、僕たちは逃れることはできない。

罪とはなんだろう。

誰かを好きになることだろうか。

僕は、思わずテーブルになっている彼女のスーツケースを殴りつけていた。

紙皿に載ったつまみが一瞬飛び上がる。

自分に嘘をつくことはできない。僕たちは、自分たちの本来の関係を知るまでは、確かに恋仲であったのだから。

8

洗面所でいつもより丁寧に手を洗いながら、私は薄暗い鏡を覗き込んでいる。

今の私はどんな顔をしているだろう。

水に晒し続けている手が、どんどん冷たくなっていく。

数限りないくらいこの鏡で自分の顔を見てきた。なのに、今見ているのが本当に自分の顔なのかよく分からない。これは私の顔なのだろうか。

そっと鏡に手を触れてみる。

猜疑心に満ちた、どこか疲れてぎすぎすした女の顔。

ここで暮らし始めた時は、もっと初々しい、希望に満ちた顔をしていたはずだ。

私たちは馬鹿だった。

自ら自分たちに罠を掛けたことに全く気付いていなかったのだ。

二人で暮らし始めた時、もう私たちは自分たちがきょうだいであることを知っていたし、実際そのことを「分かって」いると思っていた。自分たちが一緒に住むのは、「これまでずっと一人っ子だと思っていて、知らなかったきょうだいとの時間を取り戻す」ためであり、「物価の高い東京で暮らすのに、一人よりは二人で住んだほうがいろいろ便利で安上がりだし、防犯上も都合がよい」という理由のはずだった。私たちはそう信じていたし、だからこそ両方の親を説得できたのだ。

最初は反対した両親も、結局は認めてくれた。

私の「もう大人なんだから」という一言に折れた形だった。が、今にしてみれば、彼らの反対する理由——彼らの目に浮かんでいたかすかな不安は、別のところにあったのだ。

運命の悪戯。よくある言葉だ。

しかし、私たちにとって、それは笑って済ませられない言葉だった。

そもそも、私たちが同じ大学に進学し、同じサークルに入ったところからして有り得ないような偶然だったのだから。

いや、やはりそれは運命づけられていたのだろうか。

男女の双子だから当然二卵性だし、遺伝子的に同一ではないにしろ、私たちの気質や性質はとても似ていた。高校時代の成績や、趣味や嗜好《しこう》も似ていたし、似た傾向の行動を取る人間は、似たような場所に引き寄せられてくるのかもしれない。

そして、同じテニスのサークルに入った私たちは、一目でお互いを見つけた。

今となっては、何かを感じた、としか言いようがない。彼もそうだったという。そういうところまで、私たちは似ていた。

大学の公式の運動部ほどではないものの、私たちの入ったサークルはかなり真面目なテニスサークルであり、練習も結構ハードだった。私も彼も、高校時代は硬式テニス部だったし、春の合宿でダブルスを組んだ時は、あまりにもお互いの動きが手に取るように分かったので、初めて組んだとは思えない、と周囲が不思議がったほどである。

もちろん、そのことをいちばん不思議に感じていたのは、私たちだった。

私たちは、それを勘違いした——もしかして、これは恋なのではないかと。


最初に誘ってきたのは彼のほうだった。

人数の多いサークルだった。大抵は大人数での飲み会でのコミュニケーションが主流となる。個人の付き合いが始まったのは、初夏になってからだった。

私と彼は学部が違っていたから、キャンパスで会うことはめったになかった。

けれど、あの瑞々《みずみず》しい緑が溢れる初夏の午後、偶然ばったりとキャンパス内で彼に出くわしたのだ。彼の姿が行き交う学生の中からくっきりと浮かび上がり、彼の口が「あっ」という形を作るのを見たのを、今でも鮮明に思い出せる。

あの明るい緑、曇りのない幸福な緑は今でも目に焼きついている。

あんな日は二度と来ない。あれは紛れもなく、私の人生の春だった。

どちらも一人だったので、決心したのだろう。彼は私をお茶に誘った。私はＯＫし、キャンパスから少し離れたところにある、静かな喫茶店に入った。

向かいに座る彼を見ながら、私は胸騒ぎを感じていた。

彼の理知的な顔、冷静なたたずまいを好ましく思っている自分に気付き、なぜか近しい感じがすることを不思議に思っていた。

彼も同じように感じていたはずだ。

サークル内の噂や、講義の内容についてなど他愛のない話を続けながら、私たちはこの親近感の原因を探っていたように思う。

当然、出身地や高校時代の話になり、高校のテニス部での話などを続けたが、ここではそれ以上深入りすべきではないと互いに話題をコントロールしていたようだ。

しかし、私たちの間には何かがある、何かで結び付けられようとしているという予感のようなものはどちらも持っていた。それを淡い恋の予感と考えたとしても、仕方あるまい。私たちは幼かったのだ。

私はタオルで手を拭い、呼吸を整えて部屋に戻った。

そこには、むっつりと据わった目をしてワインを飲み続けている彼の姿がある。

あの、初夏の瑞々しい陽光の下で見た青年と、今そこに座っている彼とが、連続した時間で繋がっているのが不思議に思えた。

あたしたち、随分遠くまで来てしまった。

そんな文章が頭に浮かんだ。

「やっぱり事故だったのよ」

私はそう言いながら畳に座った。

「よかったじゃないの、殺人事件じゃなくて」

「あいつが俺たちの存在を知っていたとすれば、いつからなんだろうな」

彼は私には目を向けず、畳の一点を見つめたまま独り言のように呟いた。

「少なくとも、うちのお袋は話していないはずだ」

私は緑茶のペットボトルに手を伸ばし、蓋を開けると自分のカップに注いだ。

「そういえばそうね。だって、あたしたちのガイドをしている時も、歳取ってからの初めての子って話してた。前妻との間に子供がいたことを知っていたとは思えなかった」

「まあ、知ってたとしても、初対面の客に話すことはないけどね」

「でも、何かきっかけはあったはず。あの人がヒロのナイフを抜き取って、本名を知りたいと思ったきっかけが。もしかして、風の噂に、子供がいたという話くらいは聞いていたかもしれない。だけど、それをあたしたちと結びつけて考えたのはなぜだったのかしら」

彼は考え込んだ。

「やっぱり、部屋に呼んだからかな。俺たち、自分たちが考えている以上に、あいつに興味を示していたのかもしれない。その様子に違和感を覚えていたとしても不思議じゃない」

「少なくとも、ヒロのナイフの名前を見れば、ヒロが名前を偽っていたことは分かる。そのことから、自分の前に名前を偽って現れるとすれば自分の子しかいないと思ったことは考えられるよね」

彼はカバンになんとなく手を伸ばし、引き寄せた。

どきんとする。彼のカバンのポケットに入れたジルコニアのピアスが頭に浮かぶ。

しかし、彼はやはりポケットの中のピアスには気付かぬまま、中からシステム手帳を取り出し、そのポケットから一枚の写真を取り出した。

「あっ」

思わず声を上げていた。

「その写真、持ち歩いていたの?」

「うん。なんとなく、手放せなくて」

彼は煙草に火を点け、その写真に見入った。

何度も見た写真。私も一枚持っている。

森の中を歩く三人——私と、彼と、あの男と。

「最初で最後の、親子のショットだな」

彼はぽつんと呟いた。

「確かに」

頷き返す。

三人は、穏やかな笑みを浮かべ、カメラを振り向いていた。共犯者の笑み。その場限りの旅人の、にわかチームの笑みだ。この写真を撮った観光客も、まさかこの三人が親子だなんて思わなかったろう。私たちは演技していたのだから。

シーズンオフで人は少なかったが、三日目のコースには結構観光客がいた。森の中の湖を巡る、アップダウンの少ない楽なコースだったからだろう。私たちに写真を撮ってくれと頼んだ家族連れが、お返しに撮ってあげましょうと写してくれたスナップだ。

偽りの三人。本来はきょうだいで親子であるのに、スナップの表情は都会から来た若い夫婦をガイドしている地元の人間という関係でしかない。

「まさか、自殺だったってことはないよな」

ヒロが不安そうな声を出した。

私は驚いた。

「どうして？　どうして自殺なんかするの。可愛い子供が生まれたばかりなんだよ。頑張らなきゃと言ってたじゃないの」

彼は弱々しく首を振る。

「さあね。なんとなく。自分の子供たちである俺たちにそんな話をしたことに対する自己嫌悪とか。いわば、俺たちの存在を完全に否定したわけだからな」

「らしくないわ——今更そんなことを後悔するような人じゃないと思うけど」

「でも、発作的に全てが嫌になっちまうことってあると思うな」

「ヒロにはあるの？」

なんとなくそう聞いていた。

彼はハッとしたように私を見た。

その目の暗さに、今度は私がハッとする。

「ないのか、アキには」

その声に、かすかな怒りを感じたのは気のせいだろうか。

私は、自分が彼の目に負けず劣らず暗い目をしていることを意識していた。

二人の目の中の暗さが、一瞬溶け合ったような気がした。

「——あるよ」

私は、自分の声がそう答えるのを聞いた。

そうか、そういう手もあるのか。

私は、内心驚きを感じていた。

たとえば、今夜ここで二人して死んでしまうという選択肢も有り得るのだ。

発作的に、全てが嫌になってしまって。互いの目の中の絶望に触発されて。世の中では、見ず知らずの人間どうしで自殺することが流行っているではないか。私たちがそうしたからって、咎《とが》められるいわれはあるまい。

誰が私たちを最初に発見するのだろうか？　ガス会社の社員？　鍵を引き取りに来る不動産屋？

頭の中に、情景が浮かんだ。

明るい朝。窓から陽が射し込む。

スーツケースを前に、折り重なって倒れている二人。

仰天して、部屋から飛び出す誰か。

人は何と言うだろう。私たちの絶望の深さを知る者は誰もない。ひょっとすると、うちの両親は分かるかもしれない。あの時、二人の目に浮かんでいた不安は、私たちの陥った罠を、私の味わう絶望を嗅ぎつけていたのかもしれない。

そう、うちの両親ならば、娘が決して成就《じょうじゅ》することのない恋に絶望して死んだことを本能的に察知するのではないだろうか――

「覚えてるか、あの時のこと」

いつのまにか、ぼんやりとしていた。

彼も、酒は一休みしようというのか、緑茶に手を伸ばしていた。

カップにたっぷり注ぎ、ごくごくと勢いよく喉に流し込む。

「あの時のこと？　いつ？」

頭がうまく働かない。

「あいつが落ちた時のことだよ」

私は舌打ちしそうになる。

不意打ちだ。彼がこの話題を持ち出すとは思ってもみなかった。

あの日、あの明るい初夏の午後、私たちの父親が崖から落ちたのを見下ろした瞬間のことは、実はすっぽりと私の記憶から消えうせてしまっている。記憶から締め出そうと、ずっと努力してきた場面なのだ。

しかし、どうしても戻ってこなければならない場面であることは、私も薄々分かっていた。ましてや、今夜は絶対に避けては通れぬ話題であることも。

「よく覚えてない」

私はのろのろと答えた。

「あの時、あたしたちは休憩していて、三人ともバラバラだったのよね。だから、しばらくあたしたちは事故に気付かなかった」

そうだった。だから私は彼の犯行ではないかと疑ったのだ。彼が私を疑ったのも、事故の瞬間、互いの姿を見ていなかったからだろう。

「そういえば、休憩を取る前に、あいつ、携帯の話、してなかったっけ？」

ふと、彼は顔を上げて尋ねた。

「携帯？」

「うん。なんだっけ、確か着メロ――そう、着メロの曲かなんかの話だった」

9

記憶の断片を集めるのはとても難しい。

今となっては、彼女との日々の全てが、粉々に砕けた破片となってバラバラに僕たちの前に投げ出されている。破片を目にすることすら苦痛になってしまっているのに、あの旅のことだけを抜き出して繋ぎ合わせるのは至難の業《わざ》だった。

しかも、あの男の死という唐突で衝撃的な結末を迎えたあの日のことは、二人の間でもこれまで真剣に話し合ったことはなかったし、互いに記憶の中から削除してしまいたい出来事だったので、それを改めて蒸し返すのは不快な作業だった。

けれど、何かのきっかけで突然鮮明に過去が蘇ったりするということはあるものだ。

さっきナイフの話をした辺りからじわじわと記憶の堤防が決壊し始める気配があったけれど、今この写真を目にしたとたん、あの日のことが急速に蘇ってきたのだ。

夏のような一日だった。

前日はハードな山登りだったので、多少の登りはあるものの、ずっとアップダウンの少ない森林の中を歩くのは快適だった。

文字通り緑の光が柔らかく降り注ぎ、心地好い風景の中を歩いている時にいつも感じる、何も言葉にする必要のない充足感に包まれていた。

森の中は起伏があって、次々と目の前に現れる風景には変化があった。歩きやすい林道あり、くねくねした坂道あり、シダが群生していたり、珍しい花が咲いていたりと、全く飽きることはなかった。

素晴らしい森林浴に酔い、僕たちはあの男の説明にいちいち頷き、感心し、子供のように歓声を上げていた。

森は幾つも小さな沼や湖を隠し持っていた。思いがけず行く先々で出現する宝物のような水面《みなも》に、僕は魅了されていた。

先頭を歩くあの男と彼女の背中に斑《まだら》な緑の模様が浮かぶのを眺めながら、僕は何を考えていたのだろう？

そうだ、僕はあの時、実沙子《みさこ》のことを考えていた。

正しくは、僕と千明のことを考えながら、同時に実沙子のことを思い浮かべていたのだった。

川村《かわむら》実沙子は、同じサークルの二学年下の子だった。

千明は三年になる頃にはほとんどサークルには来なくなってしまったので、実沙子のことは知らなかったようだ。

実沙子は、彼女とは全く違うタイプの女の子だった。

千明は、ひとことで言えば知的で都会的。実沙子は素朴で野性的。そういうことになるだろうか。不思議な空気感を持っていて、飾り気のない子だった。

実沙子は、僕の友人が一方的に好意を持っていて、少しの間半ば強引につきあっていた。彼に誘われて、何度か喫茶店や居酒屋で一緒になったことがある。

実沙子はテニスは上手だったけれど、どちらかと言えば、あまりこういうサークルにいそうな子には思えなかった。それなりにハードだが享楽的な色彩も濃いサークルでは、少々浮いていたと言ってもいい。彼女自身もそのことに気付いたようだ。元々、文学部のほうの学術的な考古学のサークルにも入っていたのだが、結局そちらをメインにすることにしたらしい。僕たちのテニスサークルには一年くらいしかいなかったし、僕の友人とも長続きしなかったようだ。ふられた、と友人がボソッと話したことを覚えている。

だからその存在をほとんど忘れていたのだが、あの旅に出る前の年、偶然ばったりと再会したのだった。

東京駅近くの大きな書店の棚の前だった。

僕はお客のところに行った帰りで、資料を探すためにその書店に入った。元々書店は好きだし、ぶらぶら普段目にすることのない異なるジャンルの棚を見るのは刺激になる。写真集などのビジュアル本は、目についたものをパッと買ったりする。

その棚のところに、実沙子がいた。

最初、僕は気付かなかったが、「高橋先輩」と実沙子のほうから声を掛けてきたのだ。

すぐに思い出したのは、実沙子の持つ空気感が変わっていなかったからだった。

実沙子は優秀な研究者に成長していて、文部科学省に入っていた。

次の約束までに時間があったので、なんとなく喫茶店に入った。実沙子のほうが話したそうにしていたというのもある。

思いがけず、話は弾んだ。

そして、実沙子と対面して話した時に、目の前が開かれるような新鮮なものを感じた。友人の恋人として、斜めの席から見ていた時とは異なる魅力を発見したのだ。

それは実沙子のほうでも同じだったらしい。互いに何かがピンと来たのだ——月並みな表現ではあるが。

もちろん、僕には分かっていた。

僕が当時、どこかで千明から逃げ出すきっかけを探していたこと、たまたまこの偶然に——たまたま現れた実沙子にそのきっかけを求めたのだということを。

その頃、僕たちはのっぴきならない状況に陥っていた。自ら追い込んだ状況とはいえ、ひどく苦しい状態にあったのだ。

最初のうちはそうではなかった。本来二人が持てたはずの家族としての時間を取り戻そうと積極的だったし、なんでも話し合い、きょうだいと暮らしている、と誰にでも胸を張って言えた。むしろ、自分たちの身に起こったことをドラマチックな話題として得意げに話していたかもしれない。

しかし、いつ頃からか、徐々に歯車が狂い始めていた。二人の間に、奇妙な緊張感が漂いだしたのだ。

その理由が、なかなか二人ともよく分からなかった。単に慣れてきてしまったからなのか、飽きてしまったからなのか。どちらも、内心首をひねっていたし、この緊張感をほぐそうと互いに努力したのだが、いっこうに緊張感は消えず、ぎくしゃくする日々が続いた。

僕たちは、そのことを口に出せなかった。うまく言葉にできなかったせいもあるし、これまでにない問題のように感じていたのだ。

そして、あの夜がやってきた。


強い雨の降っている、金曜日だった。

日付が変わってしばらくしても、いっこうに雨脚が弱まる気配はなかった。

千明は職場の飲み会で、帰りが遅かった。彼女は酒が強いのだが、その日は割と酔っていて、家に入ってくる時足がかすかにもつれていた。

僕は自分の部屋で仕事をしていて、彼女の足音から酔っているなと思ったことを覚えている。しかし、すぐに静かになった。彼女が自分の部屋に入った気配がないのを不思議に思い、僕はそろそろ寝ようかと洗面所に向かった。

ふと、彼女の後ろ姿が目に入った。

キッチンのテーブルで、彼女はコートを着たままじっと座っていた。肩を落とし、俯《うつむ》き加減《かげん》で、彼女はぴくりとも動かなかった。

その後ろ姿に不吉なものを感じ、僕はその場を動けなくなった。

「アキ？　どうかしたの？」

声を掛けると、かすかに彼女は身体を震わせた。

「――ちょっと飲みすぎちゃった」

そう低い声が返ってきて、僕はホッとした。

「気持ち悪いの？　水飲む？」

「うん」

気のない返事を聞きながら、僕はキッチンに入り、冷蔵庫からミネラルウォーターを取り出した。グラスに注いで、彼女を振り返る。

千明は、じっと目を見開いてテーブルの一点を見つめていた。

その表情に、ぎょっとさせられる。

彼女は酔ってなどいなかった。その目はいつにも増して冷静で、何かに心を奪われているようだった。ただ、よく見ると目は真っ赤で、僕は彼女が泣いていたことに気付いた。

「どうしたの。何かあったの」

僕は彼女の前にグラスを置き、テーブルの向かい側に座った。

「なんでもない」

彼女は真っ青な顔で、のろのろと首を振った。

「でも、泣いてる」

僕にそう指摘されて、彼女は初めて自分が涙を流していることに気付いたようだった。慌てて目元を拭い、顔をこする。それでもテーブルの一点から目を離そうとはしなかった。

「嫌なことでも？」

僕がそう彼女の顔を覗き込むと、彼女はますます目を大きく見開いて、強く首を振った。もちろん、彼女の否定を額面どおりに受け取るわけにはいかなかった。こんなにも動揺している彼女を見るのは初めてだったのだ。

「何でも相談する約束だったろ」

僕はそう促した。

それは、僕らが一緒に暮らし始める時に、互いに決めた約束だった。

「言えない」

「約束しただろ」

彼女は力なく答えたが、僕は返事を迫った。何が彼女をここまで動揺させているのか、聞かずにはいられなかったのだ。

それでも彼女は黙っていた。僕の目を見ようとしないのも、初めてのことだった。得体の知れない不安が、徐々に込み上げてきていた。

僕は待った。どうしても彼女の返事を聞かずにはいられなかった。

ようやく、彼女はあきらめたようにボソッと口を開いた。

「プロポーズされたの。高城《たかしろ》さんに」

それは、予想もしていなかった答えだった。頭をガツンと殴られた気がした。

僕は驚いた。それも、彼女がプロポーズされたという事実にではなく、自分がひどいショックを受けていることに。

「それで？」

僕はかすれた声で尋ねた。内心の動揺を必死に抑えていたが、なぜこんなに動揺しているのか理解できず、混乱していた。

高城雄二《ゆうじ》は、同じサークルの先輩で、彼女はもう二年近く彼とつきあっていた。しっかりしたいい男で、彼女のことを深く愛していることは傍目《はため》にも分かっていたし、結婚相手としては申し分なかった。

彼女は首を振った。

「断ったの？」

「返事はしてない」

僕が尋ねると、暗い声が返ってきた。

なんとなくホッとする。

「実は、高城さんに、ずっと言われていたの」

彼女は俯いたまま言った。

「プロポーズ？」

「というよりも、ここを出ろって」

「ここを？」

「ヒロと一緒に住むのをやめろって、言われてたの。彼、ずっと苛立ってたのよ」

「どうして？」

不安が強くなる。じわじわと、恐怖に近いものが背中を這い上がってきた。

「あの人、こう言ったわ」

彼女は暗い声で続けた。

「君たちを見ていると、とてもきょうだいとは思えない。兄と住んでいるというよりも、男と同棲しているとしか思えない。君が千浩と住んでいるのが許せない」

ぼそぼそと語る彼女の声はかすかに震えていた。

僕は、再び激しく動揺し、強い恐怖を感じた。

僕らのことを知る高城からそんなふうに見られているというショックもあったが、もっとまずいのは、彼が真実を言い当てていることに気付いたからだった。

彼女はようやく顔を上げ、絶句している僕を見た。

ゾッとした。

その目は、これまでに見たことのない女の目だった。

表情は苦悶に歪み、目は涙に濡れていたが、暗く妖艶な光を放ち、肉体を持った一人の女として僕を見つめていた。

全身に鳥肌が立った。言葉にできない恐怖が、身体を包んでいた——そして、そこには恐怖だけでなく、奇妙な快感が混ざっていたことを認めなければならない。僕はこの時、歓喜をも感じていたのだ。

「高城さんのところには行けない」

彼女は涙を浮かべたままそう呟いた。

キッチンの電灯の下で、彼女は壮絶なほどに美しかった。

これまで見たこともないほど、美しかったのだ。

「だって、あたしはヒロが」

彼女はそう言い掛けて、ワッとテーブルに突っ伏して、身体を震わせて泣き始めた。

僕は、呆然と彼女の向かいに腰を下ろしたままだった。

なんと愚かだったことだろう。

僕は、目の前に突きつけられた真実に圧倒されていた。高城は、正しく僕たちの状況を見抜いていた。僕たちの間にあるのは、家族愛などではなかった。そう信じていたけれど、実は互いに恋愛感情を抱いていた。そして、今彼女が見せた女の目と同様、僕も彼女を男の目で見ていたことに気付いたのだ。

こうして、僕たちの生活は、少しずつ地獄になっていったのだった。

10

彼の目が宙を泳ぐ時、私はいつも木洩れ日が揺れるのを見る。

ちらちらと揺らめく光の中を、私たちが言葉にせずに押し殺してきた感情と欲望の欠片《かけら》が、一瞬影のように横切っていく。

木洩れ日の下には、深い淵があって、濃い緑色の水の底に多くの魚たちが蠢《うごめ》いている。魚たちは時折水面近くまで上がってきて尾びれを翻《ひるがえ》したりするが、いったいどれくらいの魚が棲んでいるのか、彼らがどんな姿をしているのか見ることはできない。

彼があの時のことを思い出しているのが分かった。

私たちを打ち砕き、今ここにこうしている私たちに至る道を決定したあの夜のことを。

雨の金曜日の晩。

嫌な雨だった。風混じりで冷たく、ヒールの中のストッキングは濡れて不快だったし、髪もくしゃくしゃになった。コートの衿《えり》を立てて夜の町を歩いていく間、私はこの不快さの原因が天候だけではないことを知っていた。

会社の部での飲み会にきっかり二時間出席したあと、雄二の待っている店に着いた時、彼は既に酔っていた。店に入って彼の広い背中が目に入った瞬間、彼がひどく苛立ち、鬱屈したものを溜め込んでいることに気付いた。

私は一瞬躊躇《ちゅうちょ》した。なぜかこのまま逃げ帰ってしまいたい衝動に駆られたが、それより前に彼が振り返り私の姿を認めたので、なんとか小さく笑って彼の隣に座った。

彼もかすかに笑みを浮かべたものの、その笑みは不穏だった。

私はひやひやしながら、ギムレットを注文した。

それまで千浩には話したことがなかったけれども、千浩のことは雄二と私の間で日に日に深刻な問題になっていた。

雄二は、元々千浩のことを後輩として可愛がっていた。だからこそ私も彼と親しくなり、彼に惹かれ、彼とつきあうことになったのだ。

だが、雄二が彼のことをよく知っているということが徐々に重くなっていった。

雄二は、彼との生活のことを聞きたがった。私からは決してその話はしなかったし、婉曲にこの話題は避けたいことを匂わせていたつもりだったけれど、彼は聞くのをやめなかった。そのくせ、聞いた後でいつも機嫌が悪くなるのだ。

彼が千浩に嫉妬心《しっとしん》を抱いていることは分かっていたが、私はそれを軽く考えていた。私だって、高校時代、好きな男の子の妹が一学年下にいて、彼女をとても羨ましく思ったものだ。彼と同じ家にいて、毎日言葉を交わし、いつも同じ空気を吸っている。なんて妬《ねた》ましいのだろう、と。

しかし、雄二の嫉妬の質が異なることに気付かされたのは、ふとしたことがきっかけだった。

ある週末、銀座で食事をして、二軒目に行こうと移動している途中のこと。裏通りの、遅くまで店を開けている輸入食品専門店の前を通りかかった。たまたまその店頭で、千浩が好きなビスケットを安売りしていたのだ。ビスケットといっても胡椒とチリパウダーの効いたスパイシーなもので、千浩はよくそれを酒の肴にしていた。けれど、しょっちゅう輸入元が変わるので、近所の高級スーパーでも置いていたりいなかったりと、いつも入手できるとは限らないことを嘆いていた。

だから、私は雄二に「ちょっと待ってて」と断り、そのビスケットをまとめ買いした。

「何買ったの」

そう尋ねられ、私は何の気なしに返事をした。

「これ、千浩の好物なの」

その時に見せた雄二の形相は、今も忘れられそうにない。

視線が文字通り身体に突き刺さり、動けなくなった。憎悪と嫉妬の入り混じった、火の塊のような視線だった。

彼が私を見つめていたのは、きっと大した時間ではなかったのだろう。雄二は私の怯えた顔に気付き、すぐに表情を和らげた。けれど、私には彼が睨みつけていた時間がとても長く感じられた。彼は私に腹を立てていた。

私は全身に冷や汗を掻き、悄然とうなだれて彼の隣を歩いた。ひどく後ろめたく、居心地が悪かった。自分が不貞を働いた女のような気がした。さっきの雄二の目はまさにそう言っていたからだ。

「ごめん」

雄二は硬い声で、私のほうは見ずに呟いた。

「筋違いだとは分かってる。だけど、耐えられない。他の男と住んでるなんて」

低い声。彼の横顔は最高に苛立っていた。

「そんな」

私は思わず声を上げていた。

「あたしたちはきょうだいで」

「違う」

私の反論を鋭く遮り、彼は振り向いた。

まともに目が合い、私はびくっと身体を震わせた。

雄二は、今度は表情を繕《つくろ》わなかった。彼の目はいつもの冷静さを取り戻していたが、いつもにはない冷徹さも覗いていた。

「違う」

雄二はゆっくりと首を左右に振りながらもう一度言った。

「そう思っているのは――いや、そう思い込もうとしているのは、君たちだけだ」

「まさか」

私は笑おうとしたが、うまくいかなかった。

雄二の態度にひどくショックを受けていたし、もしかすると、この時既に、彼の指摘は正しいのかもしれない、と心のどこかで疑い始めていたからだろう。

それきりその話はしなかった。私たちは、ぎこちなく二軒目のバーで少し飲んで帰った。


その後、二人の間で千浩の話題は出なくなったけれども、口にしないだけで（いや口に出せなかったからこそ）、その存在はどんどん大きくなっていった。

私は雄二が怖くなった。

彼は一般的な基準から言えば理想的な相手だったろう。

容姿も、人柄も、誰もが認める好青年。聡明で温厚な上に、リーダーシップも包容力も持ち合わせ、話し上手で年配の人間にも可愛がられ、育ちの良さが滲み出ている男。一流企業に勤め、社内でも将来の幹部と期待されている男。彼とつきあっていると言うと、女の子たちは誰もが羨んだ。

しかし、その申し分のなさ、彼の立派さが、私には少しずつ恐ろしくなってきたのだ。彼の正しさ、非のうちどころのなさ、公明正大さにひきくらべ、私は卑小だった。誰かが彼を誉める言葉を聞く時、私は自分の中に潜む、言葉にできないいびつさや違和感を突きつけられるような気がした。

彼が私と千浩を疑う言葉を投げかけたのは一度だけで、その後、私を見る目には疑いを見せなかった。演技だったのかは分からないけれど、彼は私を信頼していた。

その曇りのない目が、次第に苦痛になった。

いっそ、疑い続けてくれればまだ逃げようもあったかもしれない。嫉妬心を剝き出しにされれば、彼から逃げ出す理由になったかもしれない。

しかし、雄二はそんなことはしなかった。私を信用し、常に申し分のない相手でい続けることを選んだ。

雄二は、私と一緒になるつもりであることをそれとなく周囲の人間に話していたらしい。初対面の人に祝福されたり、大学時代の友人に冷やかされたり羨ましがられたりすることが続き、私は面食らっていた。

今にして思えば、雄二は外堀を埋めていたのだ。私が千浩との関係を単なるきょうだいだと主張していて、雄二が私にとって申し分のない相手であることを証明しつづけている限り、私には彼から逃げ出す口実はない。

私は追い詰められていた。

そのことは、千浩との関係にも影を落とし始める。

千浩は、私がピリピリしていることを感じ取っていたし、私と彼との間に緊張感が漂っていることにもすぐに気付いた。

彼はそのことを疑問に思い、長いこと不思議に感じていたようだが、口に出そうとはしなかった。もし彼にその理由を尋ねられても私には返事のしようがなかったし、するつもりもなかった。

彼も私が答えてくれるとは思っていなかったのだろう。時折、不思議そうな目、心配そうな目で私をそっと見ているのに気付くたびに、胸が鈍く痛んだ。その一方で、あれだけカンのいい彼が、私の置かれている状況を察してくれないことに苛立ち、恨めしくも思っていた。

雄二の銀座での発言以来、私は今までのようには千浩と接することができなくなっていた。ぎくしゃくする自分が腹立たしかったが、どうしようもなかった。

何かの拍子に千浩と触れるたび、雄二の声が聞こえてくるのだ。


「違う」と。

休みの夜、千浩とＴＶを見ながらビールを飲み、馬鹿話をして笑い合っている時、頭の中に響いてくる雄二の声。

「そう思い込もうとしているのは、君たちだけだ」


彼の声があまりにも鮮明に聞こえてくるので、思わずハッとしてしまう瞬間がある。

千浩が「どうしたの」と言って私を見る。

私は蒼ざめながらも「なんでもない」と苦笑する。

幾度そんなことを繰り返しただろう。

「違う」という声は私を苦しめた。

「おやすみ」と言ってそれぞれの部屋に戻る時、朝一緒に家を出て、駅でそれぞれのホームに向かう時に手を上げる千浩の笑顔を見る時、雄二の声は執拗に蘇った。

最初は必死に否定していたものの、徐々に否定するのに疲れ、私はおずおずとその可能性について考え始めた。


私は千浩のことを、本当にきょうだいとして愛しているのだろうか?


私が彼のことを愛していることは間違いなかった。自分の分身のように感じ、家族であることに驚き、感動し、喜んでいたことは紛れもない事実であり、こうして一緒に暮らしていることを自然ななりゆきと思って疑わなかった。

しかし、それはきょうだいとしてだろうか?

決して言葉にすることのなかった疑問を自分に投げかけたのはいつだったろう。

あれは、千浩が出張で出かけていた夜だった。

私は、家で一人食事をしていた。

ひどく静かな夜だったという印象がある。なぜかTVを点ける気もせず、ぼんやりと長いこと一人で食卓に向かっていた。

空っぽの家。千浩のいない部屋。しんと静まり返った部屋。

私は千浩のことを本当にきょうだいとして愛しているのだろうか。

それまで向き合おうとしなかった疑問が、突然くっきりと頭の中に浮かんできた。

心は平静なままだった。

その疑問を自分の声で聞いたとたん、今がそれを考える時だという気がした。

そして、私は考えた。

キッチンのテーブルを前に、身動《みじろ》ぎもせず、一晩中考え続けたのだ。

いつのまにか、カーテンの隙間から夜明けの光が射し込んでいた。

その瞬間、私はうめき声を上げてテーブルに突っ伏していた。

額を何度もテーブルに打ち付けながら、私は暗い沼に沈みこんでいくような深い絶望に包まれていたのだった。

違う。雄二の声が言う。

違う。私の声が言う。

違う、私たちは違う。私と千浩の声が重なり合う。


あの雨の金曜日、雄二は静かに私の顔を見た。

「内示が出た」

彼はゆっくりとそう言った。

異動の時期が迫っていて、転勤の可能性があると聞いていた。

「博多に転勤になった。一緒に来てほしい。あの家を出て、俺と一緒に行こう」

彼の声は最後通告のように思えた。

まるで、ひどく悪い知らせを伝える言葉のように、私の目を見てそう告げた。

ゾッとするような沈黙が、二人の間に落ちた。

見知らぬ人が二人を見たら、プロポーズをしたところだと思わなかっただろう。恐らく、別れ話をしているのだと思ったはずだ。

私は知らないうちに泣いていた。

自分が涙を流しているのに気付かなかったが、バーテンダーが動揺するのが視界の隅に見え、雄二がそっと私の頰を拭ったので分かったのだ。

なぜ泣いているのか当時は分からなかったけれど、今ならば分かる。

この時、私は愛する者を二重に失ったのだ。

彼のプロポーズは、私と雄二の別離であり、私と千浩の別離をも意味していた。

11

息苦しくなって、立ち上がり、網戸を少し開けて窓に腰掛けた。

正面から彼女の顔を見ているのがつらくなったせいもある。

我慢していた煙草を取り出し、そそくさと火を点ける。

外に向かって、溜息とともに低く煙を吐き出した。隣の公園は、木々が鬱蒼と繁って、夜の空気の中にも夏の盛りの重みを感じさせている。街灯が空っぽのベンチを白々と照らし出していて、丸い時計の文字盤が顔のように白く闇に浮かんでいる。

頬を撫でる風は生ぬるくて、ちっとも火照《ほて》った顔を冷やしてはくれない。

今更ここで、僕たちの味わった地獄を蒸し返しても仕方がないと分かってはいても、もう僕に対して無邪気な笑顔を見せることのなくなった彼女を見ていると、失ったものの大きさを実感せずにはいられない。

あたしはヒロが。

あの晩、彼女が飲み込んだ言葉は僕の言葉でもあり、楔《くさび》のように打ち込まれたまま、ついに抜けることはなかった。互いにとうとうその続きを口にすることはなかったけれど、僕の深いところに突き刺さったまま、今も時折ひどく疼《うず》く。

雨の音が響くキッチンで、僕は彼女の向かい側に座り、馬鹿みたいに呆けたままじっと泣いている彼女を眺めていた。

白状しよう。僕はあの時、幸福だった。

僕は、あの時、いかに自分がそれまで高城雄二を妬んでいたのか悟ったのだ。そして、彼女があいつではなく僕を選んだことに、この上ない歓喜を覚えていた。

それは後ろめたく、恐ろしい歓喜だった。肩を震わせている彼女を眺めながら、愛情というのは時にほとんど恐怖に近いものなのだ、と思ったことを覚えている。

雨の音を聞きながら、僕は歓喜に浸っていた。恐怖と紙一重の、肌が粟立つような深い歓喜に。もちろん、僕はちゃんと予感もしていた。この歓喜が、翌日からは地獄に変わるということを。だから、この晩だけは、歓喜に酔っていたかった。自分のために身をよじらせて苦しむ彼女の姿を目に焼き付けておきたかったのだ。

明け方になり、雨が収まった頃、僕たちはそれぞれの部屋で眠った。眠りに就く時も、まだ僕は愚かな歓喜の余韻に包まれていた。

朝目が覚めて、身支度をしている時もまだ平気だった。

しかし、朝食の準備をしている彼女の姿を見た瞬間、その余韻はどこかへ吹っ飛んだ。

彼女は僕の顔を見ようとしなかった。

彼女の全身から、後悔が、恥じらいが、苦悩が、拒絶が滲み出ていた。

冷水を浴びせられたような心地になった。

僕はひどく動揺したまま家を出た。土曜日だったが、たまたまこの日は出勤しなければならなかったことに感謝した。

家を離れるにつれて、じわじわと自分たちの置かれた状況が冷たく染み渡ってきた。

僕たちが、とてつもなく残酷な檻《おり》の中にいることに気付いてしまったのだ。

なんということだろう。

僕はゾッとした。

愛する者と暮らしている。愛する者が家で待っている。しかし、だからこそ、もはや今までのようには家に帰れない。

僕は呆然としたまま出社し、閑散としたオフィスで、他のノーネクタイの同僚と同じく、黙々とデータの処理に追われた。

休日のオフィスは、なんとなく暗く感じられる。普段はオフィスの中の生活が「日常」なので、文字通り誰もが輝いて見えるのに、休日はオフィスの外が「日常」だから、「非日常」のオフィスは不自然に感じられるせいだろう。

いつもと違うオフィスで、手はいつも通りに動いているのだが、心は別のところにいた。繰り返し今朝の彼女の背中が浮かび、彼女から逃げるように家を出てくるところを思い浮かべた。動揺は激しくなるばかりだった。遅いお昼を、近所のオフィスビルの一階のカフェで、普段とは異なる客層の中で食べながら、僕は非現実感に包まれていた。

あの時のことは、今でもなぜか俯瞰《ふかん》した風景で思い出す。高い天井の、よく磨き込まれた窓際のカウンター席で、僕は空っぽのカップの前で凍り付いていた。

周囲は、週末の華やぎに満ちた家族連れや女性グループ、上京して誰かに会いに来たと思《おぼ》しき年配者らで賑わっているのに、僕のところだけ真空で音がない。僕一人の周りにだけ見えない壁があって、周囲の喧騒も無声映画を観ているかのように僕のところには届かない。この広い世界で、僕のいる場所と、彼女のいるアパートだけが存在しているような気がした。

あそこに帰って、これからどう暮らしていけばよいのだろう。

前の晩に感じていた歓喜が、勝利感が、少しずつ恐怖に変容していくのをじっと見守っているのは、流砂にずぶずぶと沈んでいくような感じだった。いずれ完全に沈んでしまうことが分かっているのに、身体が動かない。声が出せない。

僕は、その時初めて彼女を恨んだ。あの一言さえ発していなければ、まだ何もなかったことにして今日を始めることもできたのに。

自分勝手だと分かっていても、彼女のせいだ、という気持ちは収まらなかった。僕のせいじゃない。彼女が僕らの均衡を破ってしまった。

問題は、じりじりと帰宅時間が迫っていることだった。

あと二、三時間で作業は終わってしまう。オフィスに残っている理由は何もなくなる。

とてつもない恐怖に襲われた。

僕はあの檻の中へ帰らなければならない。一瞬たりとも気の休まることのない檻、自ら望んで造った檻の中へ。週末の長い二晩を過ごすことを考えると、ほとんど永遠のように感じられた。

僕はふらふらと外に出ていた。

外の明るさに眩暈《めまい》を覚えた。

気がつくと、「もしもし？」という明るい声を聞いていた。何のしがらみもない、初夏の風のような声。

僕は、無意識のうちに、実沙子に電話を掛けていたのだ。

いったい何が運命の分かれ目になるのか分からない。

あの時、たまたま実沙子も都心に出勤していなかったらどうなっていただろう、と今でも時々考える。けれど、あの日彼女は僕の呼びかけに応え、僕の夕食の誘いに気軽に応じてくれた。救われた、と思った。彼女の持つ軽やかな空気と、彼女が生息する学術関係という安全な領域に惹かれた。

僕は実沙子に逃げた。実沙子という安全な場所に。

けれど、僕の本当の姿は、あの日カフェのカウンターに腰を下ろしていた時のままだ。何も聞こえず、身体も動かせず、恐怖に囚われて座っている僕が、今もどこかに凍り付いている。

「あの時計、時々、人みたいに思えるの」

唐突な声に振り返った。

彼女は膝を抱え、子供のような顔で座っていた。

「何か後ろめたいこととか、悩んでいることがあって、なんとなく外を見て、あの時計を見ると、まるで誰かの顔がこっちを覗きこんでるように感じたわ。一人でギョッとしたりして」

公園の、銀色のポールの上の丸時計。

闇の中から、大丈夫か、と呼びかけてくるような気がした。

「俺もだよ」

煙草の灰を落としながら頷く。

木々の中に浮かんでいる文字盤は、時には優しい後見人に、時には冷たい見張り番に思えた。

ふと、頭の中で閃く。

「そうだよ、時計だ」

「え？」

今度は、僕の声に彼女が反応した。

「あいつが言ってた曲だよ」

不意に興奮が込み上げてきた。記憶がわっと頭の中に押し寄せてくる。

厳しい陽射し。

この世に雲というものなど存在しないかのように、くっきりとした曇りのない青がどこまでも続いていた。

僕たちは、休憩地点で一息ついていた。

太陽から逃れるように、木陰の深いところでそっと水を飲む。

身体からたちのぼる湯気が周囲の草いきれと混じりあい、自分も森の一部になってしまったような心地がした。

あの男は寛いだ様子で、僕たちと少し距離を置いて立っていた。

が、ふと何か思い出したように僕たちを見た。

「あなたたちはテニスのサークルで知り合ったとおっしゃってましたよね?」

突然、彼の携帯電話が鳴った。

着信音のメロディを聞いて、おや、と思った。

『大きな古時計』。最近、若手の人気男性歌手がカバーして話題になった曲だ。

「すみません、ちょっと失礼します」

彼は慌てた様子で僕らに断ってから、足早に離れて小声で電話に出た。

暫く話をしてから、彼は戻ってきた。

「失礼しました、業務連絡がいろいろあって」

「構いませんよ」

そう首を振ってから、僕はその着信音を話題にした。

彼は恐縮し、少し照れた。

「うちの子がこの曲をお気に入りで。まだろくに言葉も喋れないくせに、流れていると一緒に歌おうとするんですよ。またこんな曲が流行るとは思わなかったな。たまたま携帯電話に、この曲が入っていたので、これに」

「へえ。耳のいいお子さんですね。他にもいっぱい曲は流れてるはずなのに、どこが気に入ったのかしら」

彼女が如才なく話に加わった。

「最近はテンポの速い複雑な曲が多いから、ああいうゆったりした曲は子供の耳にも心地好かったんじゃないかな」

僕も相槌《あいづち》を打つ。

そして、何気なく口を開いたのだ。

「そういえば、僕の家にもでっかい柱時計がありましたよ。それこそ、じいさんの代からあるような立派な時計。でも、ちょうどあの歌の歌詞と同じで僕の子供の頃には壊れていて、ただの置き物だったんですけどね。日光の東照宮みたいな彫刻がしてあって、和洋折衷《わようせっちゅう》の面白いデザインだったんで、毎日眺めてました」

「へえ。もう骨董品《こっとうひん》ですね」

彼は興味を示した。

「ええ。大きいんですよね、昔の時計は」

僕が頷くと、彼は視線を宙に泳がせた。

「そういう時計は、かなり珍しいんじゃないかな」


ショックだった。じわじわと焦燥が込み上げてきた。

僕は自分のしでかした失敗に気が付いたのだ。

「あのせいか」

「何なの」

彼女は膝を崩し、身を乗り出してきた。

「柱時計だよ。俺、馬鹿だった。あの時、お袋の実家にある、柱時計の話をしちまったんだ」

僕はあまりのショックに、窓から降りて彼女の前に戻った。

たぶん、真っ青だったのだろう。彼女が心配そうな顔になった。その顔が懐かしく、胸のどこかが一瞬痛んだ。

「柱時計って――」

彼女の目が泳ぐ。僕は自分のショックを共有してくれない彼女にもどかしさを覚えた。あんなに重大な失敗をしてしまったというのに。

僕は興奮して早口に喋りまくった。

「ほら、廊下の角に大きな柱時計があったろ。動かなかったけど、立派な、骨董品みたいなやつ。

色は剝げてたけど、結構派手で、てっぺんにごちゃごちゃ彫刻が付いてた。そうだよ、俺、『日光の東照宮みたいな』とまで言っちまった。あいつ、きっとお袋の家に来た時に、あの時計を見ていたんだ。自分の見た時計と、俺たちの見ていた時計が似ていると、あの時に思ったんだ」

かなり珍しいんじゃないかな。

馬鹿だった。きっとあの時に違いない。僕の台詞であの男は、確信を得たのだ。

「まずかった。用心してたのに、つい」

うろたえている僕を、彼女がぽかんと見ていた。

まるで、僕の話の意味が分からないとでもいうように。

僕は、ことの重大さを共有してくれない彼女を恨めしげに見た。

が、彼女は怪訝そうな表情を崩さなかった。

僕は、初めて彼女の違和感に気付いた。

「——柱時計ですって？」

その声は、心なしかカサカサしていて、おかしな響きがあった。

千明はゆっくりと左右に首を振った。

「あたしは、子供の頃に、そんなものを見た覚えはないわ」

12

思い起こしてみれば、ずっと違和感はあった。

いつからだったろう——もしかすると、最初からかもしれない。

彼が子供の頃の話をする度に、落ち着かない気分になった。ちくちくと、自分の見知らぬ身体の一部分を針で突かれているような不安な感覚。それを、長い間押し殺してきたのだ。

ほんの、小さな頃のことなのだから無理もない。記憶があまりなくても不思議ではない。そう自分に言い聞かせてきたが、彼から当時の私の話を聞かされる度に、内心首をひねっていたのだ。

どうしても、自分のこととは思えない。

私の率直な部分はそう言っていた。

彼がしている「私の話」は、ひょっとして別の人のことなのではないか。

そう考えたこともしばしばだ。

しかし、単に覚えていないだけかもしれないし、自分が養女である以上、両親に確かめることもできなかったから、黙って彼の話を聞いていた。

私も、家の中に他の子供がいたことはぼんやりと覚えているのだ。よく泣く子供で、不快に思ったことは記憶にある。だが、実のところ、それが男だったのか女だったのかも分からないし、ましてやそれが本当に彼だったのかと聞かれれば全く自信がない。

けれど、彼があれだけ確信を持って話しているのに、私が何も覚えていないというのも恥ずかしいし悔しいので、なんとなく話を合わせてしまい、あれは彼だったと思い込もうとしてきたのだ。

彼がよく言う、私が音の出る靴を履いていた、というのも全く記憶になかった。あんなうるさいものを履いていたら、覚えていそうなものなのに。

だが、この期に及んで、柱時計の話が出てきた時には、これまで押し殺してきた違和感が爆発してしまったらしい。

もはや彼とは暮らしていけないのだし、この違和感に耐える必要もないのだ、という荒《すさ》んだ気持ちのせいだろうか。

「覚えていない？　あの柱時計を？」

彼は、裏切られたような顔をして私を見ていた。

その顔に後ろめたさを覚えながらも、私は大きく頷いた。

「ええ。ちっとも」

「あんなに目立つものを？」

「全然覚えてないの」

私は静かに首を振った。

「正直に言うとね、あたし、本当は子供の頃のこと、ほとんど覚えてないの。ヒロがよく覚えてるから恥ずかしくて、うんうん、って相槌打ってたけど、実は全然記憶になかったんだ」

そう打ち明ける私を、彼はじっと見つめている。私の言葉が本当なのか、嘘なのか、見極めようとしているようだった。

「養女にもらわれたせいかもしれないね。きっと、新しい家庭に馴染もうとして、それまでのことを忘れようと無意識のうちに努力していたのかも。それか、新しい情報に手一杯で、それまでの記憶が追い出されちゃったのかもしれない」

言い訳のように、付け足す。この後ろめたさは何だろう。

「そうだったのか」

彼はぽつんと呟いた。

「俺たち、記憶を共有してたわけじゃなかったんだな」

その声は淋《さび》しそうだった。申し訳ない気持ちでいっぱいになるが、どうすればいいのか分からない。

彼はもう一本、煙草に火を点けた。

「とにかく、あいつがあれをヒントにしたことは間違いない。結局、俺がしくじってたわけだ」

「そんな」

気まずい沈黙。

これまで何度も味わってきた気まずさとは異なる、殺伐とした沈黙だった。

ふと、捨《す》て鉢《ばち》な気分になる。

そう、私たちは何も共有してこなかった。何も共有できなかった。共有していると思っていたものは、皆幻想だった。こんなところで、私たちは何をしているのだろう。さっさと出ていけばいいものを、何もない部屋で、こんな気まずい思いをして、何をうだうだしているのだろう。時間を、人生を、無駄にするばかりなのに。

ぼんやり壁を見ていると、不意にあの男の後ろ姿が蘇ってきた。

まるで、壁に浮き出てきたみたいに、広い背中が目に浮かんだのだ。

緑に包まれた山道を力強く、しかしゆったりと登っていく背中。

木洩れ日がチラチラとその背中で遊んでいる。

あの男は、何を考えていたのだろう。時間を共有するどころか、見たこともなく、存在すら知らなかった子供たちが目の前に現れた時に。

不意打ちだったろう。そう気付いた瞬間、どんな感情が込みあげただろうか。

「あたしたちに責められている、と思ったのかな」

ぽろりと呟いていた。

「え？」

彼が顔を上げる。

「あたしたちが自分の子供だと気付いて、あたしたちがわざわざ自分を探し出して非難しに来たと思ったのかもね」

「そうかもしれない」

彼は無表情のまま小さく頷いた。

「あのまま旅を続けていたら、どうなったのかなあ」

私は彼を見た。彼は首をひねる。

「どうだろう」

「あたしたち、あの人に打ち明けてたかしら。自分たちが子供だって」

「打ち明けなかっただろうね」

彼は即座に断言した。ちらりと非難を覗かせて私を見る。

「少なくとも、俺は打ち明ける気はなかった」

私は苦笑する。

「もちろん、あたしもそうだったけどさ。向こうはどうかな。別れ際に、君たちはひょっとしって聞いてきたかしら」

彼はちょっと考え、煙草の灰を落とし、やがて首を左右に振った。

「聞かないよ。俺だったら聞かないと思う。あくまで、ガイドと客として別れるな」

「そうかなあ」

もう永遠に来ることのないその場面を思い浮かべた。恐らく、彼も想像しているはずだ。

山のふもとの、明るいアスファルトの道路に出て、歓声を上げる三人。

私と彼が並んで、改まった表情であの男と向き合う。

あの男も、静かな笑みを浮かべて私たちを見る。

どんな目で？　ガイドとして？　父親として？　疑惑や躊躇《ためらい》、後悔、もしくは哀惜《あいせき》を見せただろうか？

あの男の見せる表情を冷静に分析しながら、それには全く気付かぬふりをして彼がお礼を言う。

どうもお世話になりました。素晴らしい体験でした。

彼はあの男に握手を求めただろうか？　いや、そういうことはしないだろう。

私は隣で一緒にお辞儀をし、にっこりと感謝の目であの男を見上げる。

それだけだ。それだけで、私たちとあの男は二度と会うことはなかったはず。手を振って道の右と左に別れ、あの男は妻子の元へ、私たちは温泉に浸かって、いつもの日常へと帰っていったはずだ。

だが、そうはならなかった。

あの日、あの男の人生は私たちの目の前でぷっつりと断ち切られてしまったのだ。

いったい、最後の瞬間――最後の数分間に何があったのか。


行程のほとんどが済み、旅の終わりの淋しい空気が漂い始めていた。

あれは最後の休憩だったはず。午後三時を回ったくらいの、静かで弛緩《しかん》した時間帯だった。もう旅の大部分は終わったとあって、満ち足りた疲労感が私たちを包み、ずっと無言だった。

休憩場所になったのは、見晴らしのいい、ぽっかりと開けた平らな草地で、周囲を広葉樹林が囲んでいた。この日はそんなにきついコースではなかったので、私たちには余裕があったと思う。穏やかな午後だった。あの時は、話したいという雰囲気ではなかった。それぞれが自分の思いに浸っていて、三人はバラバラになって少し離れた。一人になりたいというわけでもなく、なんとなく、という感じだった。

辺りには繁った木々が並んでいたので、ひょいと中に紛れこんでしまえば姿はもう見えなかった。

私は一人でぼうっとしていた。

風景でお腹がいっぱいになってしまい、目は目の前のものを見ているのに、もう何も情報が入ってこない。いろいろ考えるべきこと、考えたいことがあるのに、身体は考えることを拒否している。そういう、空っぽのようでいて見えないものに満たされた状態で、私は草地にいつのまにかかがみこんでいた。

座り込んでいたのか、しゃがんでいたのか。

少し靄《もや》が掛かったような景色を見るとはなしに眺めながら、手は無意識のうちに草をいじっていたようだ。

草をちぎった時に立ち込める匂いが、膝の辺りから上がってきたのを覚えているからだ。

彼の姿も、あの男の姿も、見ていない。二人がどこにいたのか、私は把握していなかった。


ああ、そうだ。


こんなふうにきちんとあの時のことを思い出そうとしたのは初めてだ。

身体の中から、少しずつ冷たいものが染み出してくる。

私はずっと思い出すことを拒絶していた。あの墜落の音、彼の真っ青な顔、二人で崖の下にあの男の姿を発見した時の衝撃、どれもが忘れてしまいたいことだったからだ。

そして、もう一つ——

私は、実はあの時のことをよく覚えていないのだ。

頭の中に霞《かすみ》が掛かったような状態だったことは分かるのだが、あの時自分が何をしていたのか、何を考えていたのかを思い出すことができないのだ。

まるで、私の幼児期のように。彼と一つの家で暮らしたあの時期のこと、歩くと鳴る靴や変わった意匠《いしょう》の柱時計と同じように——私は、あの男が亡くなった時のことをきちんと思い出すことができない。このことを認めるのが怖かった。

けれど、なぜ怖いのだろう？　何が怖いのだろうか？　私はあの時、草地にかがんでじっとしていただけではないか。誰の姿も見ていないし、せいぜい辺りをぶらぶらしていた程度であの男にも会っていない。

なのに、なぜ自分が取り返しのつかないことをしでかしてしまったのではないかという不安を拭い去れないのか？

そう恐る恐る自問自答してみるけれど、返事はない。

「あの時、あなたはどこにいたの？」

自分に問い掛ける代わりに、彼に聞いてみる。それは、単なる逃避に過ぎないと頭では理解していたつもりだった。

しかし、彼が私に返したのは、恐ろしく冷たく緊張したまなざしだった。

私はぎくっとした。彼が何か恐ろしいことを言う予感がしたからだ。

「俺は、林の中で煙草を吸っていた」

彼はゆっくりと話し出した。言葉を嚙み締めるように、いつもよりゆっくり。

「ずっと我慢していたけど、どうしても我慢しきれなくなって。旅行中は吸わないとアキと約束していたから、決まりが悪くって、こそこそ林の中に隠れてたんだ」

「なんだ、そうだったの」

私はホッとした。彼の告白を軽く受け流して、小さく笑う。

「で、俺は見た。枝越しにアキが何かしているのを」

目をぱちくりさせる私を、彼は冷たい目でじっと見つめている。

「アキは草を結んでいた」

「え？」

「アキは、崖っぷちの草むらにいて、黙々と草を結んでいた。少しずつ移動しながら、草を結んでいたのを見た」

「あたしが？」

ふと、鼻の辺りに草の匂いを感じたような気がした。

草をちぎった時の嫌な感触。霞が掛かったような視界。

まさか、あたしが、そんなことを？

ますます草の匂いは強まった。

足元から、むっとするような草いきれが上がってくる。

13

とうとう、言ってしまった。

後悔のような、安堵のような奇妙な心地だ。

唐突にずいぶんと昔のことを思い出していた。あれは誰の話だったろう。高校時代の友人だったか、大学のサークルの友人か。

そいつは大好きだった彼女と短い期間つきあって結局ふられたのだが、別れる時にこう言われたのだそうだ。

あたし、本当はカレーそんなに好きじゃないの。

ふられたこと自体よりも、その台詞がいちばんショックだったという。そいつは大のカレー好き、スパイス好きで、あちこち食べ歩いていた。つきあい始めの頃、彼女は「あたしもカレー大好き」と意気投合し、デートのたびにいろんな店を回っていたというのだが、別れ際になってそう言われ、「じゃあ、あの台詞は何だったんだ」ということになったらしい。

「あたしもカレー大好き」と言った女の子の気持ちは分からなくもない。まだつきあい始めて間もない頃、相手の歓心を買おうとして、同じ嗜好や趣味を持つことを強調するのは人情だ。似たようなことは誰でも多かれ少なかれやっている。

こんなことを思い出したのは、彼女の思いがけない反応のせいだということは承知している。これまで共有していると信じていた、子供の頃の記憶。僕たちを繋いでいた僅かな欠片が、彼女のリップサービスだったと知ったのは、自分でも滑稽《こっけい》に思えるほどかなりショックだった。

それにしても、あんな目立つものを覚えていないということがあるだろうか。

不思議でたまらない。

彼女は、一緒に生活していて分かったのだが、かなり記憶力がいい。僕も悪くはないと思うけれど、彼女はビジュアルで記憶するセンスがある。なのに、あんなに印象的なものを覚えていないとは。

不意に、目の前の女が見知らぬ人間のように思える。

一緒に暮らした歳月が、ニセモノの記憶のように感じられる。

そんなはずはない。そんなはずは。

何かが僕の中で鎌首をもたげる――何かとてつもなく恐ろしいものが。


ひょっとして、僕たちは何か重大な間違いをしでかしているのではないか?

それを必死に打ち消して、僕はあの日のことを思いだそうと試みる。あの男がこの世からいなくなったあの日のことを。

思えば、あの時の彼女は少し変だった。

旅の終わりが近づいていて、僕たちは少し感傷的な気分になっていたのかもしれない。

あの場所で休憩を取る前から、僕らはずっと無言だった。

僕が彼に正体を知られることになったであろうあの大失態の場面から少し経っていたが、まだ僕はそんなことにちっとも気付いていなかったし、三人は黙々と歩いていた。

今にしてみれば、あの男は僕らの正体について考えるのに必死だったのだろう。あの時間帯、三人それぞれが上の空だった。

僕もぼんやりと歩いていた。適度な疲労と適度な解放感が僕を満たしていて、実沙子のことを考えるのにも飽きて、ただぼんやりと歩いていた。

「休憩にしましょうか」

そう言ったのはあの男だった。

え、という表情で僕と彼女はあいつを見た。

ふと、疑問を覚える。


なぜ僕たちはあんな表情だったのだろう？

僕は考えこむ。

スーツケースの上の缶に、イライラと灰を落とす。

彼女は無言で、一人自分の考えに沈んでいるようだ。

もどかしいくらいに時間はゆっくりと進み、沈黙はねっとりと重かった。

僕は本格的に煙草を吸い始めていたが、今は部屋のことや彼女のことに配慮していられる心境ではなかった。

そして、思い出した。

そうだ。よく考えてみると、あの時、実はその三十分ほど前にも僕たちは休憩を取っていたのだ。

この日はきついコースではなかったし、一時間に一度の休憩でも全然平気だったのに、この時彼は三十分ほどで続けて休憩を取ったのだ。

だから、彼女と僕は不思議そうに顔を見合わせたのだった。

「近くにいい場所があるんです」

あの男はそう言った。この先、休憩にちょうどよい場所がないから早めに休んだということだったのだろうか。それにしては、あの男の提案は唐突で、口調は言い訳がましかったような気がするのは、単なる思い込みだろうか。

確かに、休憩するにはいい場所だった。

見晴らしのよい、林に囲まれた、小さな窪地《くぼち》のような平らな場所。

ただ、本来のコースからは外れていた。

あの男は急に道から逸れ、坂になった草地を早足で登っていった。なんだか急いでいたようだった。まるで、誰かとその場所で約束していたのを急に思い出して、慌てて向かっているような感じがした。

「いい眺めですね」

僕と彼女はお愛想を言った。

実際、天気もよく景色も素晴らしかったので、休憩することには異論はなかった。ただ、内心かすかな違和感を覚えていたことは確かだ。

景色を眺めている僕たちを置いて、あの男はすぐに姿を消した。

彼女もぶらぶらと歩き出したのを見て、僕はチャンスだ、と思った。

ずっと煙草が吸いたかった。前の日は一日持ちこたえたし（コースがきつかったせいもあるだろう。煙草を吸う余裕がなかったのだ）、今日もなんとか宿に戻るまで我慢できると思っていたのだが、気持ちに余裕ができて、何かの拍子に吸いたいと思った瞬間から、どうにも耐えがたくなってしまったのだ。

僕はそっと彼女から離れ、林の中に入った。

そんなに鬱蒼としているわけではないが、適度に目隠しになる林の中だった。

木陰が心地好く、汗が引いた。

後ろめたい気持ちを押し殺しながら、煙草を取り出す。リュックに忍ばせていたのだから、どこかで禁煙を破る予感はあったのだな、と一人で苦笑した。

しかし、隠れて吸う煙草はおいしいものだ。高校生に戻ったような気分で罪深い歓びを感じながら、僕はゆっくりと味わった。

その時、彼女の声を聞いたのだ。


最初、僕はあの男が戻ってきたのかと思った。てっきり、彼女があの男と話をしているのだと思い、顔を上げたのだった。

しかし、彼女は一人だった。周りにあの男の姿はない。

けれど、彼女の声がする。

僕は怪訝に思い、少し彼女のほうに向かって近づいてみた。

やはり、声がする。

彼女は、崖のところにしゃがみこんで、ぶつぶつと低く独り言を言っていたのだ。

内容は聞き取れなかった。彼女が僕に背を向けていたからだ。

そして、彼女はしきりに手を動かしていた。

草を結わえている。

そう気付いて、僕はギョッとした。

なぜあんなことをしているんだろう？

単に退屈して手持ち無沙汰な時間を埋めるための行為にしては、やけにせっせと草を結わえているように感じられた。

僕は、自分が見ているものの意味がよく分からず、何を子供っぽいことしてるんだろ、と思った。

そして、すぐに興味を失い、彼女に背を向け、林の中に向かって進み、煙草を吸った。

満足した僕は、さっきのコースに戻ってみることにした。休憩が終われば、みんな元の道に戻ってくると思ったのだ。その間、彼女のほうを振り返ることはしなかったので、彼女の姿は見ていない。

林の中からショートカットして元の道に戻ろうとした時、あの男が足早に休憩場所の窪地のほうに向かうのが見えた。たぶん、僕には気付いていなかったと思う。

ああ、やっぱり休憩は口実で、僕らをあの場所に残して、どこかへ一人で何かしに行ったんだな、と思った。

男は林の中に姿を消した。

僕がのんびりと元の道に戻り、伸びをしていると、彼女が戻ってきた。

変わった様子はなく、僕の顔を見て「今日は結構余裕だよね」と同意を求めたので、「うん」と答えた。

なかなかあの男は戻ってこなかった。

落下した時の音を聞いたかと言われれば、聞いたような気がする、としか言えない。

「何か、変な音がしなかった？」

彼女がふと僕の顔を見たが、僕は何も聞かなかったからだ。待てど暮らせど、あの男は戻ってこない。

のどかな風景。

さわやかな風。

しかし、男は戻らない。

だんだん不安になり、僕と彼女は顔を見合わせた。

「どうしたのかしら」

「何かあったのかな」

「電話で話しこんでいるとか」

「掛けてみる?」

僕は自分の携帯電話を取り出し、あの男の電話番号を呼び出した。電話を耳に押し付けている僕を、彼女がじっと見つめている。

呼び出し音が鳴り続けるが、男が出る気配はなかった。

二十回まで鳴らし、僕は電話を切った。

「呼び出してるけど、出ない」

「変ね」

僕たちは周囲を見回し始めた。ひょっとして、先に行ってしまったのだろうか。だが、何かトラブルがあったのなら、断っていくはずだ。

不吉な予感がしたのは、その時だった。

さっき、足早に窪地に向かった男の姿が目に浮かぶ。

あのまま戻ってきていないとなると、まだ彼はあそこにいるのだ、と思った。

「ひょっとして」

僕は歩き出していた。

「どうしたの」

「さっきの休憩場所に向かうのを見たんだ」

追いかけてくる彼女の声に歩きながら答えた。彼女も慌てて僕に続く。

林を抜け、開けた窪地に出た。

見晴らしのよい、静かな午後の山。

そこには誰もいなかった。僕は拍子抜けした。やっぱり、どこか別のところに行ってしまったのだろう。別のところを探すべきだ。僕はそう考えていた。

しかし、何かが僕をその場に押しとどめた。

それが何のせいなのか、一瞬分からなかった。

「どうする、ヒロ？　もう一度、電話掛けてみる？」

彼女の不安そうな声を聞きながら、僕はじっと窪地を見つめていた。

何かが違う。さっきとは何かが。

ハッと、一点に目が止まった。

崖っぷちの草地。

そこがひどく乱れているように感じた。さっき、彼女がしゃがみこんで草をいじっていた場所が。

崖のところに立ち、そっと下を覗く。

僕はいつのまにか歩き出していた。

彼女が僕を見ている。

「ヒロ？」


あの男がいた。


僕は、自分がこの光景を想像していたと感じた。

遠い崖の下に、手足を投げ出して倒れているあの男の姿を予感していたと感じたのだ。

崖の下は切り立った渓谷《けいこく》だった。

水量の少ない川が見え、白い砂地の上にあの男は人形のように転がっていた。

その姿はとても小さくて、とてもさっきまで一緒に歩いていた人間だとは思えなかった。

「ヒロ？」

僕が凍り付いているのを見て、彼女は声を掛けたが、それ以上近寄ってこようとはしなかった。

「下に、いる」

僕は一言、そう言うのが精一杯だった。

彼女が息を呑むのが分かる。

「ここから落ちたんだ」

そう呟いてから、僕は自分がわなわなと震え出していることに気付いた。

「遠い――あまりにも遠い」

僕はそう呟いていた。

今やあの男はあまりにも遠いところにいた。二度と僕たちが手を触れることのできない、とても遠いところに。

もはや、彼が亡くなっていることは明らかだった。

14

遠い――あまりにも遠い。
一人でいた時の記憶はおぼろげなのに、あの時の彼の呟きは、今も耳に残っている。絶望的な、それでいてどこか上の空な声の響き。

その後のことは、悪夢というより、無音で目の前を流れる映像のようだ。

彼はどこかに連絡してから私に一人で待つように言い、崖の下に下りる道を探しに行った。私はとてもではないが、崖の下を覗きこむ気にはならず、固まったようにじっと立ち尽くしていた。どのくらい待っただろう。もうふもと近くだったので、そんなに長い時間はかからなかったような気がする。

いつのまにか、崖の下が騒がしくなっていた。人が到着したらしく、ざわざわしている。私の携帯電話に彼から電話があり、今から迎えに行くので、一緒に下りて話をしてほしいと言われ、私は更に待った。

彼は消防団らしき地元の人と現れ、無言でふもとに下りた。

「やっぱり駄目だったの？」

「うん」

私が尋ねると、彼は言葉少なに答えた。

遅れてやってきた警察の人にもいろいろ聞かれたものの、私たちは彼とは初対面だったし、既に地元の人たちはあまり私たちに興味を持っていないように思えた。私たちはどこからどう見ても都会から来たハイカーで、彼の事故に関係しているとは考えられなかったのだろう。

彼らは互いに知り合いらしく、しきりに「なんでまたあんなところから」「まだ子供小さいのに」と残された家族を心配する声が聞かれた。

私たちは連絡先を聞かれ、解放された。しかし、その後も連絡は来なかったし、もしかして遺族から最後の状況を聞かれるかもしれないと覚悟していたが、それもなかった。もし偽名を使っていることがバレたら、痛くもない腹を探られるのではないかと不安だったが、私たちは結局のところ、通りすがりの部外者に過ぎなかった。地元の新聞に記事が載ったが、短い数行で、それがあの男について見聞きした最後になった。

遠い――あまりにも遠い。

彼の声が蘇る。

今にして思えば、それは予言のようだった。

彼のことも、あの男のことも、遠い歳月、遠い出来事のようにしか感じられない。

「アキはあの時、あいつに会った？」

彼が唐突に尋ねた。

「あの時？」

「最後の休憩の時」

「会ってない。本当に。一人でぼんやりしてただけ。姿も見てない」

私は力を込めて言った。本当だ。何をしていたかはよく分からないけれど、あの男の姿を見ていないことだけは本当だ。必死に自分にそう言い聞かせる。

「つまり、あの時は完全に三人ともバラバラに行動してたってことだな」

彼はスーツケースの上の空き缶を見つめながら考え込む。

とんとんとん、と空き缶の縁を煙草で叩く。

煙草を吸うペースが速くなっていた。集中している証拠だ。

「あいつ、あの時いったい何をしてたんだろう」

「何をって？」

「思い出したんだ。あの時の三十分くらい前にも休憩取ってたってこと。あいつ、何かしたくて休憩取ったんだ。わざわざ俺たちをあの場所に連れていって、俺たちを置き去りにして、それからどこかに行って、またあの場所に戻った。どうしてなんだろう」

「トイレとか——電話を掛けに行ったとか」

「うん、俺もそうかと思ってた」

彼は真顔で頷いた。

「でも、あの時の様子を思い出してみたら、他に目的があったような気がする」

「他の目的って？」

「単なる勘だけど、何かを調べに行ったんじゃないかって」

「調べる？　あんなところで何を調べるっていうの」

「分からない。だけど、何かを急いで確認しに行った、俺たちに見られないようにして、何かを調べに行ったたって気がするんだ」

彼はそう呟き、また煙草を吸いながら自分の考えに沈んだ。

調べる。何かを調べる。あんな山の中で、何を調べるというのか。

「それはやっぱり——あたしたちに関することかしら」

恐る恐るそう聞いてみると、彼は無表情に私を見た。

「そう考えるのが妥当だと思う」

「待って。話を整理してみましょう」

私は両手を広げた。

いったい何を話題にしているのか、だんだん分からなくなってきていた。私たちのことなのか、あの男のことなのか、過去のことなのか、未来のことなのか。

「あの人は、ヒロのナイフを見て、ヒロが偽名を使っていることに気付いた。そして、翌日、ヒロの柱時計の話を聞いて、あたしたち——もしくはヒロが、昔別れた妻が産んだ自分の子であると直感した。これでいい？」

「うん、たぶん」

頷いてから、彼はふと呟いた。

「そうだな、あいつが疑ってたのは俺だ。まさか俺たちが二人とも自分の子だとは思ってなかっただろうな」

一人だけ。

頭にそんな言葉が浮かんだ。なぜか、その言葉が引っ掛かる。一人だけ。

が、私はその言葉を打ち消して言った。

「そうしたら、あの人はどうすると思う？　あんな山の中で、それが事実かどうかあの人はどうやって確かめるの？」

「それが問題だ」

彼はゆっくりと頷いた。しかし、さすがにそれ以上は考えつかないらしかった。

何もない山の中で、同行者に気付かれることなく、同行者が自分の息子かどうか調べる。そんなことが可能だろうか？

彼も私もこの話題に集中しているように見えた。

しかし、私は動揺したままだった。

柱時計のこと、草を結んでいたこと——私のあやふやな記憶のこと。

彼の発言が、私の何かを根底から揺さぶっていた。こうしてここに座っていても、誰かががくがくと私の両肩をつかんで揺さぶっているみたいだ。

目を覚ませ、思い出せ、世界はおまえの知っている通りの場所ではない、と。

私だって覚えている。

あの男が転落した後、あの休憩場所の、崖のそばの草地が乱れていたこと。あれは、確かに私がしゃがみこんでいた場所に思えた。あの男の姿を見ていなくても、もし私が彼の言う通りあそこで草を結んでいたのならば、ひょっとして私があの男を殺したことになるのかもしれないのだ。

胸がぎゅっと苦しくなり、こめかみが冷たくなる。

映像が浮かぶ。

あの男が足早に崖に向かって歩いていった瞬間、何かにつんのめり、倒れかかる映像が。そんな単純な仕掛けに引っ掛かるとは思えない。けれど、引っ掛からないとも言えない。予期せぬ場所に、そんなものがあったとすれば。

だから彼は疑っていたのだ。ずっと私のことを。

恐る恐る彼の顔を見る。

そちらのほうがつらかった。彼が私のことをそんな目で見ていたということのほうが。

気持ちをしっかり持たなければ、と思う。

彼は私を告発しようとしているのだろうか。私はどこかへ突き出されるのだろうか。


本当に私は殺人者なのだろうか？


頭がぐらぐらした。

まさかこんなことを疑う羽目になろうとは思ってもみなかった。この答えは、彼が出してくれるのだろうか。それとも、私自身が出すのだろうか。今夜中に出るのだろうか。

何かすがるものが欲しくて、お茶のペットボトルに手を伸ばす。

ビニール袋も、ペットボトルも汗を掻いて濡れていた。まるで今の私のように。

既にぬるくなりかけているお茶をごくごくと飲み干す。すぐに二杯目をつぐ。

「俺にもくれ」

彼が無造作にコップを差し出したので、続けて注いだ。

その時、彼の指の間の短くなった煙草が目に入った。

煙草。

奇妙なことに、その瞬間、やけにその吸いさしが大きく目に飛び込んできたのだ。

「煙草」

無意識のうちにそう呟いていたらしく、彼が怪訝そうな顔でこちらを見た。

「あなた、あの時、隠れて煙草吸ってたのよね」

彼はギョッとした顔をした。

何かがフラッシュバックする。

あの休憩場所から出て彼に合流した時、かすかに煙草の匂いを嗅いだことを身体のどこかで覚えていたのだ。旅行中は吸わないと言っていたのに、「やっぱり、煙草吸ったんだ」とあの時思ったことも。

煙草。煙草の吸いさし。

「あの時だけ？　あの前の休憩の時は？」

彼は首を左右に振った。

「いいや、吸ってない」

「それに近いことをしなかった？」

「それに近いこと？」

「あの人は、あなたが自分の息子ではないかと疑っていた。直接問いただすわけにはいかない。あなたならどうする？」

「目の前の男が自分の息子かどうか調べるのに？」

私は頷いた。

「その場では調べられなくても、あとで調べる方法があるわ。あなたの髪の毛。あなたの体液。それに類するものを手に入れて、自分と比べてもらうのよ」

「あ」

彼と私は同時に彼の手にある煙草を見た。

「煙草の吸殻なんか、うってつけなんじゃない？　映画で観たじゃない、今は吸殻ひとつあればかなりのところまで分かるって」

「確かに。ＤＮＡ鑑定か」

「きっとあの人は、歩いている途中でそのことに気付いたのよ。あなたが使ったものを手に入れれば、あなたが自分の息子かどうか、あたしたちが帰ったあとでも調べられるって。あなた、前の休憩所から次の休憩所までの間に、何か捨てなかった？」

「いや――いや、待てよ」

彼は力強く否定してから、急に不安そうになった。

「前の休憩所は、きちんとした休憩所だったよな」

「ええ。他にもハイカーがいたわ。ベンチや公衆電話もあったし」

「灰皿があった」

彼はのろのろと自分の煙草を見た。

マルボロ。いつも同じ銘柄。

「思い出した。煙草は吸わなかったけど、吸殻は捨てた」

彼は怯えたような声を出した。

「あの日はずっと煙草を吸いたいと思っていたから、あちこちで休憩する度にポケットの煙草や、携帯の灰皿に何度も触ってた」

彼は手探りするようにシャツのポケットを触る。

「携帯の灰皿に、前に使った時の吸殻が何本か入ってた。手持ち無沙汰だったから、あそこの灰皿に、中身を捨てたんだ。三、四本あった」

「あの人はそれを見てたんだわ」

直感の正体が分かって、私はホッとしたような心地になった。

「で、そのことの意味を、歩いている最中で思いついた」

あの男が慌てて元来た道を戻っていった心中を察すると、胸がしめつけられるような気分になる。

「あなたはマルボロしか吸わないし、数本まとめて捨てたから、すぐに戻って灰皿から拾えば、あなたが吸った煙草の吸殻がまとめて手に入る。しかも、ごくごく最近吸ったもので、まだ捨てたばかりだから、あなたの唾液が残っている可能性は高い。あの人はそれを手に入れる誘惑から逃れられなかった」

彼はガイドだ。見かけたゴミなどは丁寧に拾っていたし、所持品から煙草の吸殻が見つかっても、こころないハイカーが捨てたものを回収したと誤解されたに違いない。

「だから、あたしたちをあの場所に待たせておいて、急いで前の休憩所に戻ったんだわ。あの人の足だったら、短時間で戻れるでしょうし」

急いで休憩所に戻り、息を切らして灰皿を見つめるあの男の姿が浮かんだ。

人目を気にしながらそっと灰皿に近寄り、中を覗き込む男。

その男の目は、恐怖と期待で見開かれている。

15

過去が追いついてきた。

彼女の真っ青な顔を見つめながら、僕はそんな感覚に襲われていた。

一年前の出来事が、少しずつ速度を上げて僕らに近づいてきていたのが、今ついに追いついたのだ。

彼女の説は筋が通っていた。あの男が、前の休憩を取ってからそんなに時間が経っていないのにわざわざもう一度休憩を取ったこと、僕らを隔離しておいて自分はどこかに向かったらしいこと。

僕が灰皿に煙草を捨てたことを思い出したあの男が、慌ててそれを回収しに引き返すところがはっきりと目に浮かんだ。

分かっていたのか。

後悔に似た感情が込み上げてくる。

わざわざ東京からトレッキングにやって来た男。父親に会いに来た息子。あの男は僕のことをそう疑っていたのだ——結局確認することはできなかったけれど。

「動揺していたでしょうね。きっと、どきどきしていたはず。自分のしたことがあたしたちにバレたらどうしようと不安だったから、急いで戻ってきたのね。でも、そこに、あたしたちの姿が無かったら?」

彼女はそう独り言のように呟き、怯えたような目で僕を見た。

「慌てたと思うわ。ひょっとして、あたしたちがあの人のことを尾けていたと思ったかも。なにしろ、あなたは自分の息子かもしれないんだから」

「だろうな」

僕は大きく頷いていた。

「俺たちのことを慌てて探して、それで」

重い沈黙。

「――落ちたのか」

「かも、しれない」

僕が溜息のように呟くと、彼女も同じような声で応えた。

もはや感情を繕うこともできず、僕たちはおのおのの沈黙に沈み込んだ。

じわじわと苦いものが込み上げてくる。

崖の下に遠く見えた男の姿が蘇る。

「殺したんだな、俺たちが――いや、俺が」

彼女がびくっとしたように僕を盗み見た。

結局は、そういうことになるのかもしれない。僕たちの出現に動揺し、彼が普段とは異なる心理状態だったことは確かだ。その動揺が、いつもなら決して犯さない失敗を招いたとすれば、やはりあの男を殺したのは僕たちだったということになる。


いや、もっと正確に言えば、僕のせいだったのだ。


半ば自虐的な気分でそう考え直した。

まさか彼は僕たちが二人とも自分の子供だとは夢にも思っていなかったはずだ。あくまでも疑われていたのは僕だけだった。僕がナイフや柱時計といったヒントを与えて怪しまれたりしなければ、あの男は今も可愛い赤ん坊を抱いて幸せな生活を送っていたかもしれないのだ。

「事故だったのよ」

彼女が低く呟いた。

「やっぱり、勝手に足を滑らせたんだわ。不注意だったのよ」

僕のために言っているのか、彼女のために言っているのか分からなかった。

しかし、それが慰めだとすればちっとも目的を果たしてはいなかった。むしろ、その不幸な不注意で自分たちの父親だった男の人生——そして、その家族の人生——が奪われてしまったことの残酷さが痛みをもって迫ってくる。

一瞬、息ができなくなった。

この痛みをこれからずっと背負って生きていくのか。そう思いついたとたん、黒い絶望が鉛のような塊になって、喉の奥にぐりぐりと無理やり押し込められたような気がした。

呆然としている僕のコップに彼女がワインを注ごうとしたが、ボトルは空になっていた。

「空っぽだわ」

彼女はぶっきらぼうに呟くと、立ち上がって台所の流しに行き、ボトルをゆすいで流しの中に逆さに立てかけた。

彼女は、酒でも何でも、空っぽになったボトルはゆすがないと気が済まなかった。

「焼酎にする?」

僕が力なく頷くと、彼女は無言で酒を作りはじめた。

目の前に置かれたコップをのろのろと手に取り、機械的に口に運ぶ。強い焼酎の香りがツンと鼻を突き、その刺激がまた喉に詰まった絶望を新たに香らせる。

「なるほど、こういうことか」

いつのまにかそんなことを呟いていたらしく、彼女が僕を見ていた。

「いや、変なこと思い出しちゃって」

僕は疲れた笑い声を立てた。その笑い声が、我ながらひどく不気味で年寄りじみていることに驚く。

「なあに、変なことって」

「『こころ』だよ」

「え？」

「夏目漱石の『こころ』。読んだことあるだろ？」

彼女は面食らった表情になる。

「あるけど――それがどうしたの？」

「俺、『こころ』の中で一ヵ所すごく印象に残ってるところがあってさ。『先生』の手紙の中で、若い頃に親友の好きな人を取っちゃって、親友が自殺する場面があるじゃない」

「うん」

話していると、少しずつ気持ちが楽になってくるのが分かった。

なんとなくホッとして、話し続ける。

「発見するのが『先生』なんだよね。で、『先生』は親友が自殺しているのを発見した瞬間、取り返しのつかないことをした、自分が親友を殺した、と直感するわけ」

「ああ、あったわね、そういうシーン」

「その時に、表現通りか分からないけど、一筋の黒い光が、さあっと自分の将来を暗く照らし出したのを見たと感じた、っていう文章があるんだよ。親友の死が、今後の自分の人生に永遠に暗い影を落とし続けるだろうって予感するわけ。今、俺、これと似たようなのを感じたなあ。暗い光が自分の将来を照らすって感覚、分かった。『先生』の気持ちが分かるね。今なら、共感たっぷりの読書感想文書けるのに」

　僕が自嘲的に笑うと、彼女も低く笑った。

「何を言い出すかと思ったら、『こころ』だなんて」

「文学作品が人生に役に立ったのは初めてだな」

「役に立ってるのかしら、それって」

　ショックの反動なのか、二人は引きつったような、腑抜けたような、奇妙に明るい笑い声を立てた。人間の心というのは、緊張し続けることに耐えられないものらしい。

「馬鹿だよな、父親を殺しちゃったかもしれないってのに」

「ヒロったら」

　傍《はた》から見たらかなりグロテスクで不謹慎な場面なはずなのに、なかなか笑い声はおさまらない。

「だいじょうぶよ」

ふと、彼女が漏らした一言の声の響きに違和感を覚えて顔を上げる。

彼女は、ぼんやりと窓の外を眺めていた。

その横顔に、さっきまでの緊張感はもう残っていなかった。あんなに真っ青な顔をして、仮説を展開してみせた女と同一人物とは思えないくらいだ。

「明日になってここを出れば忘れるわ――だいじょうぶ、人間って、どんなひどいことでも忘れられるんだもの。でしょ？」

何かが胸にこたえた。

彼女の横顔に非難の色を探そうとするが、見つからない。絶望の塊はどこかへ押しのけられ、後ろめたさが代わりに胸を満たした。

そう、彼女は最後まで僕のことを非難しようとはしなかった。

彼女は高城雄二より僕を選んだ。僕はそのことを当然のように享受し、たっぷり自尊心を満足させたくせに、勝利をゆっくり味わったのちにそんな彼女を疎《うと》ましく思い、違う女のところに逃げていこうとしているのだから。

実沙子の顔を思い浮かべようとするが、なぜかあまりうまくいかなかった。一年前の生臭い出来事で頭がいっぱいだったせいか、彼女が別世界の生き物のようにすら感じられた。

けれど、実沙子のことを考えると、「安全」な感じがした。平穏で、清潔で、「正しい」気持ちになれた。彼女は僕のシェルターだった。実際、この部屋を出ることを僕は心から切望していたし、今日限りだと分かっていても、この最後の宴をかなり憂鬱に感じていたのだ。

だが、しかし。


ふと、心のどこかでもやもやした濁ったものが鎌首をもたげた。

果たして、彼女のところに行った時、僕は本当に「安全」な暮らしができるのだろうか。

ひやりとする。それは、これまで考えたことのない疑問だった。

危険に満ちた生活を送っている時はシェルターに入りたいと恋い焦がれているけれども、実際に危険が去ってからもシェルターに入り続けていることは、やがて苦痛になるのではないか。

「安全」な生活が日常となった時に、僕はその平穏さに耐え続けていくことができるのだろうか。

肩甲骨《けんこうこつ》の辺りがざわっ、とした。

それは不吉な予感だった。

直感、と言ってもいい。

自分は将来、実沙子を傷つけるだろう。実沙子が知らなかった僕の醜い部分でさんざん彼女を傷つけ、やがては彼女を泣かせ、萎縮させて彼女の人生を台無しにするのだ。

そんな暗い直感が、それこそ『こころ』の一節のように全身を貫いた。

しかも、まずいことに、その直感が正しいであろうことを、僕はこの瞬間痛いくらいに確信していたのだ。

「でもね、なんだか嬉しいの」

突然、彼女が小さな笑い声を立てて振り向いた。

「え？」

思わず耳を疑う。今、彼女は「嬉しい」と言った。「嬉しい」とはいったいどういうことだろうか。

彼女は俯きかげんに小さく笑った。

「本当のところ、分からないわ。あの人がどうして死んだのか。だけど、あたしたちの出現が何かの影響を与えたことは確か」

彼女の目に、奇妙な喜悦が浮かんだ。

「あたしたち、あの人の死に責任がある。あたしたちは共犯者で、同じ罪を共有している。これからもずっと。それが、なんだか嬉しいの。怒る？　気が変だと思う？　思われても仕方ないよね」

彼女は一瞬、真顔になって僕の目を見た。

「でも、あたしは嬉しいの。誰にも言えないようなひどい秘密だけど、それをヒロと共有していけるのが」

僕は戦慄《せんりつ》と共に、身に覚えのある快感に陶然としていた。

やはりまだ彼女は僕のことを思ってくれている。そう確かめられることに、卑劣な自尊心を満足させていたのだ。

「死ぬって不思議」

彼女は再びぼんやりと窓の外に目をやった。

「それこそ『こころ』じゃないけど、自殺した親友は一生『先生』を縛りつけていたわけよね。あたしたちだって、そう。ああして会うまでは言葉でしかなかった父親に、これから一生繋ぎ止められたまま生きていくんだわ――たまたまあたしたちの目の前で死んでしまったばっかりに」

確かにそうだった。

頭の中に焼きついた最後の瞬間。

さっき身体の中に感じた絶望の塊。

それらはずっと僕が僕の中に抱えていくものだ。それだけははっきりしている。

「あたしだったら？」

不意に、彼女の声が低くなった。

思わず顔を見た僕は、凍りついたようになる。

そこには、これまでに見たことのない、奇妙な光があったのだ。

「あたしが死んだら、ヒロはあたしを忘れないでいてくれる？」

「何をいきなり」

僕は怒った声を出そうとした。

しかし、それは明らかに失敗だった。どうみても、僕の声は怯えていた。

彼女はクッ、と喉の奥で笑った。

「あたしが今ここで――いえ、明日別れる前か、別れた後でもいい――あたしが死んだら、ずっとあたしのことを覚えていてくれる？　あたしはヒロを一生繫ぎ止めることができるのかしら？」

彼女はからかうような声を出したが、その響きは真剣だった。

「冗談はよせよ」

そう言いながらも、僕の手は畳の上を無意識のうちに探っていた。

あの折り畳みナイフは、どこにも見つからなかった。

16

彼のナイフをそっとスカートのポケットに忍ばせたのは、特に深い意味はなかった。

いつまでも彼が片付けようとしないので嫌だなと思っていたせいもあるし、なんとなくその優美でコンパクトな道具をもう一度手にしてみたかったというのもあった。

最も大きな理由は、それがただ彼のものであるという事実――彼の名前が刻まれたものであるということだけかもしれない。

私は記念品を求めていた。彼の愛用のバッグにピアスを忍ばせてみたけれど、それは彼の元に残り、私の手元には何も残らない。そのことに勝手に不公平感を抱いていたのだ。

いつのまにか彼の目を盗み、私はそっとその小さくて重い兇器を、素早く綿のスカートの目立たぬポケットに滑りこませていた。

不穏なポケットの重みに、はらはらしつつも歓びを覚える。

最初の頃、私たちはいろいろなものを互いに贈りあったものだ。お気に入りのCDや、いただきもののお菓子や、文庫本や、写真や、旅のお土産。人が親しくなるということは、何かを与えたがり、実際こまごましたものを与えあうものなのだ。

自分の存在をアピールする数々の品が交換され、それぞれの世界に互いの痕跡を残し、少しずつその領域を広げていく。そうして、お互いが特別な存在になる。私たちはそんな存在のはずだった。

今はもう、全てが用済みなのだろうか。もはや彼にとって、私の痕跡など忌まわしいものでしかないのかもしれない。私が彼にあげたシャツやハンカチやネクタイを、彼は新居に連れていくことはないだろう。

そして、あの子が選んだものが彼のクローゼットと新居を埋める。

きっと、私の選ぶものとは違うのだろう。柔らかで素朴で、初夏の風が吹き抜けるようなほのぼのした部屋なのだろう。

彼が選んだあの子が。私のように彼を追い詰めない、彼を暗い顔にしない、彼を苦しめることのない、彼のお荷物になることのないあの子が。

胸の奥が潰れそうになる。

何かが汚い飛沫《しぶき》を上げて暗い胸の底でうねり、這い回っている。じりじりと背骨の裏側で何かがくすぶり、嫌な匂いのする煙を上げている。

まっさらの状態で彼に対峙《たいじ》することのできるあの子が憎い。自分だけはいつも綺麗な場所にいるあの娘。汚いものなどとは無縁のところにいるのが当然だと信じ切っているあの子が憎い。

どうしたの、何かあったの？

少し首をかしげ、心配そうな、そのくせ無邪気な甘えた目で、彼を玄関で迎えるあの子の顔が浮かび、叫び出したくなる。

なんでもないよ。

彼はそう穏やかに笑い、彼女の頬を撫でる。

勝手に想像し、勝手に怒りを募らせる私は、傍から見れば滑稽で愚かだが、そうと承知していても想像はやめられない。

何も知らないくせに。私たちの歳月の重さなど、私たちの繋がりなど、私たちの葛藤と閉塞感など、何も知らないくせに。

愛がなければ嫉妬もない。そう言ってしまえばそれまでだが、今もなんという鋭さで不意を突いてくるのだろうか、この感情は。時を選ばぬあまりの切っ先の鋭さに、その痛みのむごたらしさに、全身が押し潰されそうになってしまう。

愛がなければ嫉妬もない。しかし、私の愛は、実際には存在しないことになっている愛なのだ。

私は長い溜息のように、ゆっくりと深呼吸する。

喉の奥が震えた。醜い感情に囚われている時、いつのまにかじっと息を殺していることに気付く。

他のことを考えよう。

動揺した手で、そうと気取られぬように焼酎をグラスに注ぐ。

そう、今はよくても、やがてあの子は自分が彼について何も知らないこと、彼と自分が何も共有していないことに気付くだろう。彼は決して私とのことを彼女には語らない。もし語ったなら、二人とも新たな地獄に落ちることになるからだ。

そのくせ、私は彼が口を滑らせることを密かに期待していた。

幸福な日々のそこここに、地雷は埋められている。

私がマフラーに触れそこねた瞬間に全てを悟ったように、ほんの一瞬の隙間が見せる疑惑が少しずつ澱《おり》のようにあの子の中に溜まっていく。彼は何かを隠しているのではないか。私の知らない彼の部分は想像以上に大きいのではないか。そんな疑問が、布巾を干す手を止め、ノートパソコンを立ち上げるちょっとした待ち時間にかすかな影を落とす。

彼だってそうだ。

私は彼の中にある暗いものを——他人を寄せ付けぬ、彼だけの部屋の存在を知っている。そこに何が入っているのかはとうとう分からなかったけれど、その部屋のドアを見たことはある。

彼は、あの子の無邪気さにいつまで耐えられるだろうか。

私はひどく冷たい気持ちで目の前の彼を眺める。

私が雄二の申し分のなさに耐えられなかったように、彼が自分の中の暗い部屋の存在に後ろめたさを覚えないはずはない。

彼のその後ろめたさは少しずつ零《こぼ》れ出《だ》すだろう。それはこらえきれなくなったせいでもあるし、彼自身がそれとなくアピールしているせいでもあるのだ。

いつかあの子は彼を問い詰め、彼の口を開かせるだろう。彼も一人で抱えていることに疲れ、あの子に問い詰められたことを理由に——いや、彼のことだ、きっとあの子のせいにして——ついに真相を吐き出すことになる。

私は残酷な想像を愉しむ。あの子の打ちのめされた表情と、彼の気まずい表情を思い浮かべる。おのれの醜さ、酷薄さに傷つきながらも、その想像を愉しまずにはいられないのだ。

そして、二人の生活は徐々に変わっていく。日ごと大きくなる過去の影の存在に、二人は怯えるようになる。

学者の卵だというあの娘。きっと、自分だけは安全地帯にいると思っているに違いない。自分だけは女の醜さなどとは無縁だと——生涯の仕事を持ち、学問の世界に守られている自分は、嫉妬や疑惑などというそれまで別世界の侮蔑の対象でしかなかった感情を持つことなどないと思っているはずだ。

かつては私もそう思っていた。

サークル内で持ち上がる三角関係や、カップルの痴話喧嘩、TVドラマやワイドショーの中で繰り返される陳腐なトラブルやゴシップ。それらをくだらない、関係ないと信じきっていた頃があった。

今にして思えば無知で傲慢なだけだったと苦笑するしかないのだが、それだけに、自分の内側に膨れ上がる感情の激しさに戸惑い、苦しみ、打ちのめされた。繰り返し執拗に押し寄せて足元を洗う波に足がもつれて歩けず、幾度も砂に足を取られて転んだ。いつまでも綺麗なままで、決して汚すことなどないと思っていたスカートの裾が、砂と海水にまみれたことに呆然としたのだ。

今の私は、もう海の中にいる。

乾いた砂の上で、決して濡れることはないと信じている無邪気な娘たちを海の中に浮かびながら眺めている。

もうすぐだ。もうすぐ、この波はあなたのところに届く。

私はあの子に話し掛ける。

もうじきこの波はあなたの足元を洗い、あなたは愕然とする。やがてあなたは気付くのだ。女の居場所が本当はこの海の中であったと。海の中でもがき、溺れ、水を飲み、時に漂い、泳いだり潮の流れに逆らったりする営みこそが、自分の持って生まれた性の本質なのだと。

「悪い冗談はよせ」

彼はもう一度そう繰り返した。

ぶっきらぼうな、怒ったような口調で。

「冗談？」

私の口からは、乾いた声が飛び出していた。

「冗談でこんなこと言えると思う？」

私の声の真剣な響きに気圧《けお》されたのか、彼は一瞬押し黙ったが、気を取り直して呟いた。

「続けて肉親を亡くすなんて、まっぴらだ」

そのどことなく弱々しい声に意外な心地がして、彼の顔を見る。

肉親。一年前に亡くした父親を指すにしては、なんだか気弱な感じがした。ほんの数分前まで「あいつ」と呼び捨てにしてきたはずなのに。

私の目に浮かんだ疑問を読み取ったらしく、彼はそっと視線をずらした。

「実は、お袋の具合が悪い」

「えっ」

思ってもみなかった返事に、もやもやしていた感情が消し飛んだ。

「いつから」

「ひと月前に倒れて、ずっと入院している」

思わず身を乗り出していた。

「原因は何なの」

「クモ膜下出血。前にも軽いのを一度やってるんだけど、今回はあんまり状態がよくない」

「意識はあるの」

「うん。ほとんどうつらうつらしてるんだが、呼べば反応するし、ゆっくりだったら話もできる」

二人で同時に黙り込んだ。

「ひと月前——どうして教えてくれなかったの」

私の産みの母親でもあるのに。

言外にそう含みを持たせて恨めしそうに彼を見ると、彼は苦笑いのような苦しげな表情になった。

「分かるだろ」

もちろん、彼の言いたいことは分かる。

彼は私の両親に会ったことがあるけれども、私は彼の両親に会ったことはない。彼の母親は私に会うことを拒んだのだ。

何十年も前に捨てた娘だ。息子は手元に置き、もう一人は他人の手に委ねた。いわば、選ばなかった娘に合わせる顔がない、という理由は私にも理解できた。そのことを恨む気は全くないし、私の両親は会ってもいいよと言ってくれたのだが、私も会う必要はないと考えたのだ。そう互いに承知した上で、現在がある。今更、具合が悪いからといって私が見舞うこともない。

理屈では分かっているし、彼も迷ったことは想像できる。しかし、私は納得がいかなかったし、たぶん彼が何度も病院を訪れていただろうことに全く気が付かなかったのにも苛立ちを覚えた。

「様子は——どうなの」

不満を押し殺し、尋ねる。

続けて肉親を亡くすなんて、まっぴらだ。

彼の声が頭の中に響いた。ぽろりと漏れた本音だったのだろう。きっと、望みは少ないのだ。

「よくない」

彼は言葉少なに言った。

「『絶対安静』がずっと続いてる。ほんのちょっとしたきっかけでいつまた大出血するか分からないし、場所が悪くて、手術も難しい。むしろ、手術が引き金になって悪化する可能性のほうが高いらしいんだ。じっとしているしかないんだけど、それでも体力がえらく落ちてる」

「そうなの」

私もそう答えるのが精一杯だ。

「世話は、大丈夫？」

入院は、何のかんのいっても女手が要る。彼の父親はまめな人だとは聞いていたが、不自由しているのではないかと思ったのだ。

「うん、親父が結構きちんと面倒見てる」

彼は小さく頷いた。

「それに、時々実沙子が行ってくれてるし」

また、鋭い痛みが胸を不意打ちした。先回りして押しとどめようとした憎しみが、あっというまに堰《せき》を切って身体の中に溢れ出してくる。

もちろん、分かっている。私は彼女の実の娘だけれど、彼女は私に会いたくないし、私も彼女には会うべきでないと知っていた。あの子は彼の婚約者で、彼の身内になる娘だ。だから、彼もあの子には母親の世話を頼めるのだ。

「会わせてちょうだい」


私はそう叫んでいた。

彼が驚いたように私を見る。

「会わせてちょうだい。一目だけでいい。話ができなくてもいい。もう二度と会えないかもしれないんでしょう？　お願い、一度だけ、会わせて」

「それは」

彼は絶句し、目を逸らした。

その目に混乱と迷いが浮かんだ。

私は愕然とした。その迷いが、病状の悪さを証明していたからだ。

続けて肉親を亡くすなんて、まっぴらだ。

「お願い」

私は彼に詰め寄ったが、彼は無言のままだった。

17

彼女の形相を見て、僕は口を滑らせたことを激しく後悔していた。

馬鹿だった。

自分の不注意であの男を死に追いやってしまった可能性に動転して、つい気弱になってしまったのだ。


元々、母のことを彼女に話すつもりはなかった。

母は彼女を手放したことを深く後悔していたからこそ、彼女に会うつもりはなかった。それが母なりのけじめだったのだ。母はそういうところは自分に厳しい人だった。

彼女もそのことを敏感に感じとっていたから、自分から会いたいとは決して口にしなかった。今の両親への気遣いもあっただろう。わざわざ産みの母親に会って、今更どうしようもないことで自ら悩みの種を増やすことはない。いったん会ってしまったら、人間、頭の中にイメージが出来上がってしまう。いろいろ余計なことを考えてしまう。失われた歳月や、あったかもしれない歳月について思い悩んでしまう。会わないほうが、母も彼女も心の平安を得られるに違いないのだ。

しかし、僕という人間は、つくづく卑怯な奴なのだ――

彼女の顔を見ながら、自己嫌悪に陥らずにはいられない。

酷薄なら酷薄になりきれればそれなりに筋が通るものを、どこかに弱さがある。自分一人の胸にしまっておけなくて、ぎりぎりまではなんとか持ちこたえられるものの、最後の詰めが甘い。あと少しのところで他人に決断を丸投げしてしまい、結局は人のせいにする。僕はそういう奴だ。

この日を迎えたのも、つまりは僕のせいなのだ。僕は密かに自分が悪者にならずにこの生活を打ち切るきっかけを探していた。そして、彼女がそのきっかけを提供してくれた。僕は「渡りに船」とばかりに、彼女のせいにできた。彼女の口から決定的な言葉を吐き出させ、それから逃げる形でこれまでの歳月を終わらせたのだ。

だが、更に嫌らしいことに、僕は今感じている自己嫌悪が単なるアリバイ作りに過ぎないこともちゃんと分かっているのだった。僕の計算高い部分が、ここで自己嫌悪を感じておくべきだと判断しているので、僕は自己嫌悪を感じているふりをしているだけなのだ。そうすることで、世間や他人に対する免罪符を手に入れたと安堵しているに過ぎない。

本当の僕は、罪悪感も自己嫌悪も感じていない。

何も感じていない――そう、何も。たぶん。

もしかすると、あの男を死に追いやったことにすら、ただ動転しただけで、罪の意識は感じていないのではないだろうか。

母との別れが近いことは、もう既に受け入れ始めていた。

これが初めての入院であればもっとショックだったろうが、前に一度倒れていることで、冷静に受け止めることができた。

父が、あの年代の男にしては珍しく、家事が苦にならない器用な人だったのも幸運だった。病院通いも、自分の身の回りのことも、淡々とこなしてくれるので本当に助かった。

父も僕も口には出さなかったが、今回は母が家に戻ってこられないであろうことを薄々予感していた。母自身も、そう感じていることは間違いなかった。けれど、家族に対して不安や恐怖はみじんも見せなかった。

すっかり面やつれしていつもうつらうつらしているのに、たまに目を覚まして対話している時の瞳は、あまりに静かで落ち着き払っていて、怖いくらいだった。

誰か会いたい人はいるか、と僕は尋ねた。

もう残り時間が少ないことを前提としての親子の会話だった。気休めや励ましを言っている段階ではなかったので、母が目覚めているうちに打ち合わせておかなければならないことがいろいろあった。

いない、と母は即答した。

僕は母の真意を見極めようと注意深く観察したが、その目には何も浮かんでいなかった。

そう、分かった、と僕は頷いたが、なんとなく口ごもってしまった。やはり、どうしてもここで聞いておかなければならない名前がひとつだけあった。

千明はどうする？

僕は努めてさりげなく尋ねた。

母は、ゆるゆると左右に首を振り、きっぱりと言った。

このことは知らせないで。

「このこと」がどこまでを指すのか分からなかった。入院していることを指すのか、もう時間がないことを指すのか、それとも――

聞きたかったけれど、聞き返せなかった。

母は、千明の名前を出しても全く表情を変えなかった。暫くじっと天井を見つめていたが、やがてぽつんと言った。

あんたたちには悪いことをしたわ。

今度は、「あんたたち」が僕と千明のことだと分かったものの、何が「悪いこと」なのかが分からなかった。

どうして？　何が「悪いこと」なの？

僕は自分の声に真剣さが滲み出ないようにした。ここで僕が身を乗り出したりしたら、母は口を閉ざし二度とこの話題を口にしないだろうという直感のようなものが働いたからだ。

まさかあんたたちが出会うなんて、思ってもみなかった。あの子だってきっと――

しかし、僕はそこで思わずほんの少し身を乗り出してしまった。母の声が独り言のようで、よく聞こえなかったからだ。だが、それだけでも母にはじゅうぶんだった。

母はハッとしたように言葉を止めると、僕の顔を見て、改めて言った。

千明には教えないで。全部済んでからならいいわ。

今度はよく分かった。母がこの世からいなくなってからなら教えてもいいというのだ。

分かった。そうする。

僕はそう請け合った。

こんにちは。

入口のところで、柔らかい声がした。

実沙子だった。「ああ」と僕と母は会釈をした。

実沙子のことは、母が入院してから紹介し、何度か待ち合わせて一緒に訪ねていた。最近では、実沙子は一人でも母を訪ねているようだった。

三人で他愛のない話をし、僕と実沙子のこれからの生活のことも話題にする。それは、母を安心させるためでもあった。

いいお嬢さんね。

実沙子が一足先に帰ったあと、母は呟いた。

しかし、その目は相変わらずひどく冷静だった。

その目を見て、後ろめたいような、不安な心地になった。

僕の演技を見抜かれているような気がしたからだ。僕の酷薄さ、不誠実さ、千明を捨てて実沙子に走ったこと、僕が将来実沙子を不幸にすること、それらもろもろ全てを見透かされているように感じられた。

チャイムが鳴り、面会時間の終了を告げる。

僕は後ろ髪を引かれるような思いと、早くその場から逃げ出したい思いとに引き裂かれながら病室を後にした。

これが、三日前のことだった。


「悪かった。ごめん。話すつもりはなかった。お袋にも、千明には話さないでくれと口止めされていたんだ」

僕はぺこりと頭を下げた。

強硬な姿勢の彼女の矛先をそらすには、素直に謝るしかないと知っていた。

「そうなの」

彼女は絶句し、傷ついた表情になった。

「心配させたくないからだ。分かってやってくれよ」

慌ててとりなすと、彼女は顔を背けた。

理屈では分かっていても、拒絶されたように感じるのだろう。

不用意な発言で彼女を動揺させたことを、さすがに申し訳なく思った。

「でも、もう一度聞いてみる。約束するよ。千明が会いたがってるとお袋を説得する。だから、もう少し待ってくれないか。必ず連絡するから」

心をこめてそう言うと、彼女も渋々ながら態度を軟化させた。

「分かった。絶対に連絡ちょうだいね」

「うん」

激した態度が恥ずかしくなったのか、彼女は気まずい顔で酒を飲み始めた。

その原因を作ってしまったのは僕なので、僕もまた後ろめたい気分で焼酎を注ぐ。

「――お母さん、あたしたちを産んだ頃は、随分苦労したんだよね」

少しして、彼女が呟いた。

「息子が成人して、就職して、結婚して、やっとこれから楽になるところだったのに。不公平だよね」

「うん」

母は自分の運命に対して愚痴や不満を漏らしたことはなかったが、本来ならば、既にもうこの世にいないあの男にぶつけてもよい不満だったはずだ。

母はあの男に対してどんな感情を抱いていたのだろう。

「小さいからあんまり分からなかったけど、実家にも借金があって、お金には苦労したみたいだよ。妹――ほら、前に話したことあっただろ。船橋の叔母さんも、若い頃身体が弱くて大変だったって」

「そうなんだ」

彼女は軽く相槌を打つ。

彼女の養父母は、係累の少ない人だった。だから、彼女にとって親戚の話というのは珍しいものに感じられるらしく、いつも僕が親戚の話をするときょとんとした表情になる。

「うちは男運の悪い家系なのよ、ってお袋が言ってたことがあったな。船橋の叔母さんも、死別して再婚してるんだよね」

「ふうん、男運かあ」

彼女は大きく溜息をついた。

「それって、あたしにも遺伝してるのかなあ」

彼女のあっけらかんとした声に、思わず苦笑する。

「まさか」

「真面目な話よ」

彼女は軽く僕を睨み付けた。

「でも、今のお父さんはいい人みたいだし、その叔母さんも今は幸せな家庭を築いてるんでしょう？　だったら、別に男運は悪くないじゃない。ちゃんと学習してるもの。そうか、学習する家系なのね。あたしもそうだといいな」

それは、決して僕に対する皮肉やあてこすりではなさそうだった。

おや、と思って彼女を見るが、その視線はどこか遠いところを見ている。

僕でもない、この部屋でもない、どこかとても遠いところを。

焦りに似たものを感じた。

彼女はもう、僕のことなどどうでもよくなったのだろうか。この家を出たら、案外彼女のほうが未練を残すことなく旅立てるのかもしれない。僕が彼女を捨てたつもりでいたけれど、本当は、彼女のほうが僕を見限ったのかもしれないのだ。

彼女がベトナムで風に吹かれている姿が目に浮かんだ。

その横顔はすっきりしていて、解放感に包まれている。

僕のことはもう過去のものとして、新たなスタートを切る女の目は清々《すがすが》しい。

不意に、取り残されたような淋しさを感じた。

実沙子との新生活に、不安と息苦しさを覚えたのはこの時が初めてだった。

穏やかな生活、地に足のついた、常識的な生活。それが、果てしのない檻に思えた。どこまでも続く、優しさと常識という柔らかい縄に絡め取られた、見えない檻。

「少し、洗ってきちゃうね。結構食べたし、飲んだし」

彼女は腰を浮かせ、惣菜の空いた皿を取り上げた。中腰で、鼻をくんくん言わせる。

「なんだか凄い匂いね。換気扇回すわ」

確かに、窓は開け放してあるものの、部屋は惣菜や酒や煙草の匂いで充満していた。

「そうだな」

隣の公園の時計に目をやると、いつのまにか十一時を回っていた。

もうすぐ明日か。

数時間のはずなのに、ずいぶん時間が経ったような気がした。

ブーン、と音がして台所の換気扇が回り始めた。

毎日聞いていたはずの音が、やけにうるさく、大きく感じられる。

少しずつ空気が入れ替わっていくのと同時に、二人の歳月が薄まっていくような気がした。明日、この部屋は無人になり、また新しい誰かが入る。ここで僕たちが過ごした時間は、もうどこにも存在しない。

流しの水の音が響く。ビールの缶をすすぎ、プラスチックの皿をゆすぐ音。

今夜の会話の痕跡も、洗い流されてゆく。

しかし、なかなか流しの音は止まなかった。

ふと、彼女を見ると、その動きが止まっている。

彼女は流しの前で、硬直したように立っていた。

「アキ？　どうしたの？」

奇異に思って声を掛けるが、彼女は振り向かない。

「アキ？」

不安になって声を張り上げる。それでも彼女は動かない。

換気扇と、水の流れる音だけが部屋に響き続けている。

18

彼が私を呼んでいるのは気付いていたけれども、その声はとても遠くに聞こえた。

動けなかった。

水を出しっぱなしにしていることも分かっていた。しかし、止めなければという意識よりも衝撃のほうが強かったのだ。

思い出したのだ――あの時のことを。


記憶とは、心とは、なんと奇妙で思いがけない作用をすることか。

それまでも、毎日換気扇を回していたはずだった。

朝晩、食事ごと、お湯を沸かす度に聞いていた音のはずだった。

なのに、その時、初めて換気扇の音を聞いたような気がした。家具や食器や布巾が無くなって、空っぽの部屋に反射する剝き出しの音になっていたからかもしれない。

ブーン、という音が頭の中に鳴り響いていた。

一年前の、山の中での音と二重になって。

あの時も、ブーン、という音が私の周りで響いていた。

カナブンだったのか、何だったのか、大きな虫が飛び回っていたのだ。

歩いても歩いても、振り払おうとしても、なぜか虫はずっと私についてきた。同じ虫だったのか、違う虫だったのか分からない。恐らく私の汗の匂いに反応していたのだろう。執拗に頭の周りを飛び回り、耳鳴りのように羽音がまとわりついた。

その音が不快だったので、何度も追い払おうとしたのだが、そのうちに面倒くさくなり、放っておくようになった。

山歩きが二日続いて、疲労も手伝っていたのだろう。遠ざかったり近づいたりするその音が、だんだん、夢見心地に聞こえるようになっていった。

モーター音のような——機械の震動音のような——音叉《おんさ》の響きのような音に。


奇妙なことが起きていた。

白昼の、明るい山の中を歩いているというのに、私はぼんやりと頭の中で夢を見ていたのだ。

疲れている時、通勤電車などで、似たような体験をしたことがある。

吊り革につかまって電車に揺られ、周りの景色が見えているのに、頭の中では別の映像が流れているのだ。身体の感覚は消え、電車の震動と頭の中の映像だけが流れている。夢と現実が二重映しになって両方見えている。

あの時もそうだった。

前日の山登りのような危険な道ではなかったので、足は惰性で動いている。しかし、暑さと疲労とで注意は散漫になっていて、身体が居眠りをしているような状態になっていたのだろう。すっかり忘れていた。

あの時見ていた白昼夢——夢なのか、妄想なのか、区別のつかない不思議な場面。

それはこんな夢だった——


子供が遊んでいる。

男の子と女の子が一人ずつ。

どこにいるのかは分からない。周りはぼんやりとした灰色の空間で、部屋の中のようにも、屋外のようにも見える。

地面にしゃがみこみ、男の子と女の子はぼそぼそと会話を交わしていた。

そのうちの一人は私だった。男の子は、千浩らしい。子供である私と千浩が、お喋りをしているところなのだった。二人とも手を動かしている。何かで遊びながらお喋りをしているようだが、何をしているのかは分からない。

奇妙なことに、その女の子は私なのに、私は外側から私を見ていた。なのに、二人の話の内容は聞こえない。私は一生懸命二人に近づいて話を聞こうとするのだが、ぼそぼそ喋る声は聞こえても、内容までは聞き取れないのだ。

そこに、「おーい」という澄んだ声が聞こえた。

二人はパッと声がしたほうを振り返る。

「交ぜてー」

明るい声がして、遠くに人影が見えた。人影が、手を振っている。

もう一人。

二人に向かって、もう一人、幼い女の子が駆け寄ってきたのだ。

その子の顔を見て、私は驚いた。

その女の子も、私だったのだ。彼女は、記憶の中にある、幼い頃の私の顔をしていた。

これはおかしい、と私は思った。そこにやってきた子が私であるならば、今そこにしゃがみこんで千浩と遊んでいる女の子は誰なのか。これも私のはずだし、私だという実感があるのに。

私は更にしゃがんでいる二人に近づこうと努力した。千浩の顔はこちらを向いているのでよく見えるのだが、手前にいる女の子は背を向けているため、なかなか顔が見えない。

ねえ。おかしいじゃない。どちらも私だなんて。そこにいる私は、どんな顔をしているの?

私は幼女の背中に懸命に訴えかける。少しでもこちらを振り向かないかと、必死に首を伸ばして覗きこもうとする。

しかし、女の子は自分の手元に集中していて、こちらを振り向く気配はなかった。

私はイライラする。

顔を。顔を見せて。

後からやってきた私は、二人に交ざってしゃがみこみ、一緒に遊び始める。三人は私が呼びかけているのに知らんぷりだ。いっこうに気付く様子はない。

いったいこの子たちは何をしているんだろう。

次第に、そちらのほうが気になってくる。

私は三人の手元を覗きこもうとした。

三人は手を動かし、いっしんに何かをしている。

その時、すうっと子供たちが近づいてきた。

まるでカメラがズーム・インしたかのように、子供たちがアップになったのだ。

どうやら、彼らは砂場にいるようだった。

彼らは、それぞれ周囲の砂を両手ですくっては、何かにかけている。

何かを埋めているらしい。

何を埋めているんだろう。私は彼らの手元に注目した。

黒っぽい塊が見える。かなり大きなものだ。

なんだろう、あの黒いものは——

ブーン、という耳障りな音は続いている。虫が飛び回っている。子供たちの周りなのか、私の周りなのか、沢山の虫が飛び回っている。

子供たちは砂をかけ続ける。

小さな手が、飽きもせず繰り返し砂をすくっている。

彼らは黒い塊を埋め続ける。さらさらと灰色の砂を三人でかけ続けている。

「休憩しましょう。近くにいい場所があるんです」

あの男が提案する。

私と彼は訝しげに顔を見合わせる。

さっき休憩してからそんなに時間が経っていないような気がするが、私が疲れているのを見て、気を遣ってくれているのかもしれない。

耳元ではブーンとカナブンに似た虫が飛び回っている。私の汗の匂いに惹かれているのか、つきまとって離れない。

子供たちはいっしんに砂をかけ続ける。

埋めなければ。黒い塊をみんなで一緒に埋めなければ。

確かにそこは見晴らしのいいスポットだった。

林に囲まれた小さな空き地で、子供の頃の秘密の隠れ家みたいな場所だった。

子供たちは砂場にいる。三人で、砂をかける。

いつのまにか、あの男も彼もいなくなっていた。

秘密の場所に、私一人きり。まるで子供の頃に戻ったみたいだ。

私は無意識のうちにしゃがみこんでいる。草の匂いが足元から這い上ってくる。

耳元ではブーン、という音が響いている。モーター音なのか、機械の震動音なのか。聞きようによっては、音叉の反響する音にも聞こえる。

むっとするような草いきれが身体を包む。ブーンという音は、とても大きくなり、草いきれと一体になって私を包む。

そして、私は子供に戻っていた。

遠い日の、幼い私。あれはいつの私だったのか。彼と一緒に過ごした日々の私か、引き離されたあとの私か。

埋めなければ。

私は両手で足元の砂をすくう。あの黒い塊を埋めるため、小さな手で砂をすくい続ける。

ぶーん、ぶーん、ぶーん。何かが飛んでいる。いや、機械のモーター音だろうか。私は砂場の砂をすくって、さらさらと埋め続ける――


「アキ！　どうしたの？　具合でも悪いの？」

耳元で声を聞き、私はようやく身体を動かした。

彼が後ろに立っていて、真っ青な顔で私を見ていた。

「あ？　ああ」

私は生返事をして、ぎくしゃくとした動きで水を止めた。

ブーン、という音がして、のろのろと頭を上げる。

換気扇が勢いよく回り続けていた。

換気扇か。虫の羽音ではなく。

私は首筋の汗を拭い、換気扇を止めた。少しして、ようやく部屋が静かになる。

「どうしたの」

彼はもう一度聞いた。

彼の顔を見る。夢の中の、砂をすくっていた子供は青い顔の青年になっていた。

私が愛した青年。気味悪いもののように私を見ている青年。

「思い出したの——換気扇の音で。これまで毎日聞いてたのに。不思議ね、記憶って」

「何を？」

「あの時のことよ。最後の休憩の時のこと」

「えっ」

私は洗ったプラスチック容器をビニール袋に入れた。

「ずっと、あの時のことがよく思い出せなかった——暑くて、疲れていて、ちょっと朦朧としていて。でも、今思い出したの」

「どんなことを？」

彼が息を詰めて続きを待っているのが分かった。

何を望んでいるのだろう？　殺人の告白？　それとも――

「草を結んでるんじゃなかったのよ」

私は溜息交じりに答えた。

「埋めていたの」

「埋める？」

彼が怪訝そうな顔になる。もどかしさを覚えた。あの時の感覚をどう説明したらよいのだろう。

「うまく言えないけど、あの時、子供の頃のことを思い出してたのよ。夢だったのか、本当にあったことだったのか分からないけど、子供の頃の行動をなぞっていたの。そういうことってない？　夢から覚めた時、まだ夢の続きかと思って、夢に出てきた人に話し掛けたり、叫んだり、泣いたりしてたことはない？」

「あるけど――」

彼は戸惑っていた。無理もない。私自身、うまく説明できないのだ。

「子供の頃の、あたしとヒロが出てきたの。あたしとヒロが砂場にいて、もう一人女の子がやってきて、一緒に遊んでいるのよ」

「もう一人？」

「うん。三人で、足元から両手で砂をすくって、砂場で何かを埋めているの」

やってきた女の子も私であるということは言わなかった。話がややこしくなるし、ただでさえ理解しがたい話なのに、そんなことを言ったら彼がますます混乱するに決まっているからだ。

彼は、何かをすくう仕草をした。

何度か繰り返してみて、考え込む。

「確かに、言われてみれば、あれは砂をすくって埋めている動作だったのかもしれないな」

二人で和室に戻り、再びスーツケースを挟んで向かい合った。

「何かブーンという音がしていたの。あの時も、頭の周りを虫が飛び回っていて、ずっとうるさかった。やっぱり、きっと子供の頃にあったことなんだわ。今も換気扇の音で、記憶が蘇ったんだもの——あの時も、虫の羽音を聞いて、子供の頃の記憶が呼び覚まされていたんだ」

話しているうちに、確信が込み上げてきた。自分の声に力がこもっていくのが分かる。

彼も、まだ半信半疑だが、納得したように頷いた。

不意に、閃いた。

黒い塊。砂をかけ続けていたあの大きな塊は——

「子供だった」

思わず叫んでいた。

私たち三人は、砂場で子供を埋めていたのだ。

19

目の前で何が起きているのか、把握するまで少し時間が掛かった。

彼女のただならぬ様子に、完全に圧倒されていたのだ。

動揺の理由は他にもあった。

母が倒れた時のことを思い出したのだ。

あれも台所だった――食堂のテーブルに座っている僕と話をしながら料理をしていたのに、急に会話が中断した。

変に思って母を見たら、じっとしていて動かない。何度呼びかけても返事をしないので立ち上がって近寄ろうとしたとたん、流しの前で崩れ落ちるようにうずくまったのだ。

その母の姿が、彼女に重なっていたので、彼女が換気扇を止めた時はホッとした。

換気扇の前で動きを止めていた彼女の頭の中でどんな光景が繰り広げられていたのかは分からないが、一年前の出来事を思い出したというのは本当らしい。

ようやく止まった換気扇の音が消えると、部屋の中は不気味なくらいに静かだった。

窓の外の虫の声がひどく遠くに感じられた。

それにしても、彼女の話は支離滅裂だった。いきなり話し始めたかと思ったら、一年前にあの山の中で見ていた白昼夢の話、なのだから面食らわないほうがどうかしている。

いっぽうで、彼女の話にはそれなりに筋が通っていた。

あの、草を結んでいるように見えた仕草。

それが、何かを埋めている仕草だったというのは腑《ふ》に落ちた。あの時のぼんやりした表情が、夢から覚めた時の反応だったというのも分かる。

しかし、三人の子供がいて、砂場にいたというのは何を意味しているのだろう。

熱に浮かされたように一年前に見た夢の話を続ける彼女は、TVのスペシャル番組に出てくる巫女《みこ》のようで、作り物めいていた。冷静な彼女でも、こんな状態になることがあるんだと、不思議な心地がした。

「子供を埋めていたの」

彼女は真っ青な顔で僕を見た。

その目が、真っ暗な穴に見えた。底の見えない、虚無の穴。

怖くなる。

彼女は何を話しているのだろう。夢と現実、子供の頃の記憶をごっちゃにしている。僕を困らせようとしているのか。これは何かの罰なのか。

僕はじりじりと後退《あとずさ》りをした。

逃げ出したい。この部屋から。彼女から。過去からも、未来からも。

一瞬、そんな衝動に駆られた。

けれど、どこに逃げるというのだろう。ここから出て、どこに行けばいい？　実沙子の檻の中へ？

具体的な場所のイメージが浮かばない。がらんとした真っ白なスペース。誰もいない、何もない。そんな景色しか浮かんでこないのだ。

このままこの目に吸い込まれてしまうのもいいかもしれない。

ふと、そんな考えが浮かんだ。

この底知れぬ闇は、僕自身の闇かもしれない。今、僕は彼女の中に僕自身の虚無を見ているだけなのだ。彼女が一緒に墜ちてくれるのならば、このまま墜ちていってもいいのではないだろうか――

そう心が揺らぎかけた時、彼女の目に表情が戻ってきた。

「ごめん」

自分の居場所を確かめるように、きょろきょろと周囲を見回す。

「何だか分からないよね、こんな説明じゃ」

彼女は俯き加減に大きく息をつき、いらだたしげに髪をくしゃっとかきまぜた。

急に疲労を感じた。

なんだか、取調室にいるみたいだ。

天井の電球と、畳の上のスーツケースを見てそんなことを連想する。

どちらがどちらを取り調べているのだろう。

彼女は背筋を伸ばして座り直し、二人分のお酒を作った。

「もう一度説明するわ」

すっかりいつもの冷静な彼女に戻っていたので、僕も落ち着いて話を聞くことができた。

今度の説明で、ようやく彼女の態度が腑に落ちた。

なるほど、あの時の行動にはそういう意味があったのか。

彼女の見た夢は、確かに興味深かった。

「あの夢、きっと何か子供の頃の記憶に関係あるんだと思う。そんな気がするの」

「三人目の女の子って誰なんだ？　見覚え、ある？」

「分からない。あるような、ないような——名前は分からないなあ。ヒロは、記憶にない？　あたしたち、一緒に会ってるかもしれない」

僕は首をひねった。

近所の子供たちと遊んだ記憶はあるけれど、特定の女の子の顔を思い出すことはできない。

「砂場はどう？　近所にあったっけ、砂場って」

「うーん」

そう言われても、全く記憶は蘇ってこない。

砂場の記憶はあるけれど、幾つかあって、小学校のものなのか、近所のものなのか分からない。だが、さっき彼女と僕の記憶の齟齬《そご》が判明したばかりではないか。

「そもそもさ、アキは子供の頃のこと、あんまり覚えてないんだろ？　じゃあ、改めて聞くけど、俺と住んでた頃の記憶で覚えてるのっていったい何？」

「ええと」

彼女は言いにくそうな顔になった。

「正直言って、本当にほとんど覚えてないのよ。同じ部屋で、そっくり返って大声で泣いてる男の子がいたっていうことくらい」

「それが俺か」

「ええ、たぶんね」

「でも、砂場というのと三人目の女の子と遊んでた記憶はあるわけだ」

「うん、あれは本当にあったことだと思うの」

その点は頑なだ。彼女の表情を見るに、嘘は言っていない。彼女の直感は、いつもだいたい正しい。だとすると、僕が覚えていないだけだということになる。

「女の子ね。分からないなあ。近所に子供がいっぱいいたことは覚えてるけど」

「音はどう？」

彼女が尋ねた。

「音？」

「換気扇の音で連想したのよ、虫の羽音。あの時も、虫の羽音で、子供の頃のことを連想したんじゃないかなあ。きっと、子供の頃にも近くで同じような音を聞いていたんじゃないかと思うの。何か換気扇の音に近いような音を聞いた覚え、ある？」

「そう言われてもなあ。あまりにも漠然としすぎてるよ」

僕は天井を仰いだ。

「じゃあ、その子供を埋めてるっていうのは？　それも本当にあったことだっていうの？　俺たちが誰か殺して、砂場に埋めたって？」

「それは」

彼女は眉を顰《ひそ》め、ちょっと考える仕草をした。

「違うと思う。きっと、何かの比喩《ひゆ》なのよ」

「比喩？」

「夢ってダイレクトじゃない？　夢見てる時に、ああ、これは昼間喧嘩したことが原因だなあ、とか、嫌だなと思ってることが嫌な動物になって出てきたりする。夢見ながら、あれとあれが原因だなあ、分かり易いなあって思うことない？」

「ある」

「でしょ。それに近いんじゃないかと思うのよ。きっと、出てきてる子供たちは実際にいた人物だと思うんだけど、砂場に埋める行為っていうのは、何か別のことを表してるんじゃないかな」

「じゃあ、近所に嫌な奴がいて、そいつがいなくなればいいって思ってたとか？　そんないじめっ子って、いたかな。埋めたくなるくらい嫌な奴だったら、少しは記憶に残ってそうなもんだけど。思い当たるような奴、いる？」

「ううん。それが、いないのよ」

彼女は悔しそうな顔になった。

もともと記憶力がいいだけに、もどかしいのだろう。この記憶にしても、よくこれだけ時間が経ってから思い出せたものだ。それを喚起したのが換気扇というのも不思議だ。僕は何も思い出さないというのに——

しばらく黙って焼酎を飲む。

彼女は真剣に子供の頃の記憶を探っているようだったが、僕は少しずつどうでもよくなってきた。しょせんは夢の話だ。どこまでが本当にあったことなのかなんて分からない。しかも、その夢を見たのは彼女であって、僕ではない。

それよりも、彼女が草を結んでいなかったという事実が、じわじわと僕の中で重みを増してきた。

つまり、あの男が死んだ責任はますます僕に掛かってくるわけだ。

改めてその事実を思うと、気持ちが沈んでくる。

目の前の彼女が恨めしく感じられた。彼女の疑いは晴れた。だから、子供の頃の記憶なんかに没頭していられるのだ。

今更こんなことを思い悩んでも仕方ないと思う。あの時事故に遭わなくても、翌日別の場所で別の事故に遭ったかもしれないし、交通事故だってあるかもしれない。僕が思い煩う必要はない。そう自分に言い聞かせようとするのだが、いったんその事実を思い起こしてしまうと、またずるずると考えてしまう。

「ねえ、ヒロ、あたしたちが一緒に住んでいた家の住所、思い出せる?」

「え?」

急に話し掛けられて、戸惑った。

「お母さんの実家だよね。正確な住所、分かる?」

「番地までは覚えてないけど」

「町名まで分かればいい」

うろ覚えの住所を告げると、彼女は「ありがと」と言って再び黙り込んだ。

母の実家の住所。何を考えているのだろう?

彼女の顔を見ていると、やがて彼女は決心したように、スーツケースの上のコップや、つまみの載った皿をよけ始めた。

「何するの」

「ごめん、ちょっとどかすね。すぐ戻すから」

彼女は手際よくスーツケースの蓋を少しだけ持ち上げると、中からノートパソコンを取り出した。

「何するんだよ、パソコンなんか」

「ちょっとね」

彼女はケーブルの束を取り出し、ごそごそほどき始めた。見ていると、部屋の隅に這ってゆき、モジュラージャックを差し込む。インターネットを使うつもりらしい。

なんとなく不愉快だった。

今夜は徹底的に彼女とつきあうつもりだったのに。もうあの男の死などどうでもいいというのか。僕のせいだと分かったら、せいせいしたとでも？

不快な夜になることは承知していたし、逃げ出したいことは事実だが、それでも電話やパソコンに対話を中断されることはなんとなく嫌な感じがした。

僕が非難の視線で見ているのにも構わず、彼女は画面を立ち上げ、何やら検索を始めた。

「ごめんね、すぐ済むと思う。確認できればいいのよ」

横顔を向けたままそう言ったが、その意味がよく分からなかった。

何か僕たちに関係ある事柄なのだろうか。パソコンで検索するような事柄が、僕たちに関係するとは思えないのだが。

煙草を取り出し、火を点ける。

既に随分吸ってしまっているが、今夜はどうしようもないとあきらめていた。

時計は一時を回り、真夜中だ。

窓の外を見ると、まだあちこち明かりがついている。本当に、日本人は宵っ張りになったものだ。

彼女がキーボードを操作するカチャカチャという音が部屋に響いていた。

無機質な、ほんの二十年前には家庭には無かった音。

彼女はもう、僕と話すべきことはなくなったと思っているのかもしれない。今、あちこちの家で、会話の無い部屋の中でこの音が響いているのだろう。

このまま、だらだらと夜は過ぎる。

夏の夜明けは早い。僕たちは畳でうとうとし、気がつくとうっすらと外は明るくなっている。そして僕らは、しょぼしょぼした目で起き上がり、朝日に目を細め、ぼんやりした頭で業者がやってくるのを待つのだ――

いがらっぽくなった喉に焼酎を流し込み、ぼんやりしていると、カチャカチャという音が乱れているのに気付いた。

いつも淀みなく、打ち間違いなどしない彼女の手元がどことなくおかしかった。タッチが乱暴になり、リズムも乱れがちなのだ。

やがて、ひときわ乱暴な音がして、静かになった。たぶん、実行キーを押して、画面が開くのを待っているのだろう。

「――これって、どういうこと?」

彼女の低い声が響いた。

20

私はパソコンの画面をじっと見つめていた。

目の前にある事実をどう受け止めてよいのか分からなかったのだ。


果たしてこれなのだろうか？


今見ているものが非常に重要な意味を持っているという直感はあるのだが、まだ理解はしていなかった。

というよりも、部屋の空気が一転してしまった。二人きりの孤独で猜疑心に満ちた夜に、いきなり現実が侵入してきたように思えた。

現実。なんと不思議な響きだろう。

彼との別れを控えたこの夜こそが私たちの現実だと信じていたのに、その外側にもっと生々しい、それでいて無機質な「現実」がある。

そのごつごつした固い「現実」を目にして、私は反応することすら忘れてぼうぜんとしていた。

私が開いたのは、産みの母の実家がある地方紙のサイトである。

何かあてがあったというわけではない。

漠然とした予感。漠然とした不安。何より、夢で見た二人の自分が気に掛かっていた。それが、なんとなくパソコンを開かせたのだ。考えるよりも先に、手が動いていた。指が勝手に何かを求めて操作を始めていた。

私が見た白昼夢の子供たちの印象は、たぶん二歳から四歳というところだろう。

自分がその年齢の頃の古い記事を探したのだった。

子供を埋める。それは、何かの代わりの行為に違いないと思った。

私たちは記憶に何かを隠蔽《いんぺい》している。そんな気がした。

そして、その記事が目に留まったのだ。

「何」

私の様子を不機嫌そうに見ていた彼が、不安そうに寄ってきた。

「これ、どう思う？」

そう促すと、緊張した表情で画面を覗き込む。

建設工事現場で女児転落

二十日午前七時頃、S市栄町一丁目のマンション工事現場で、出勤してきた作業員が基礎工事中の穴に倒れている女児を発見。女児は既に死亡していた。工事現場に入りこんで転落したのが原因と見られる。

現場は周囲を幕で覆い、柵も設けていたが、隙間から入ったらしい。亡くなったのは高橋美雪《みゆき》ちゃん（3）で、前日近くの児童遊園で近所の子供たちと遊んでいて姿が見えなくなり、捜索願が出されていた。

「高橋美雪——」

彼はその記事を食い入るように見つめていた。

「何か関係あると思う？　住所は近いよね。同じ栄町一丁目だもの」

不安になった。もしかすると、全くの見当違いかもしれない。しかし、なぜか直感は「これだ」と囁き続けるのだ。

彼はなかなか口を開かなかった。頭の中で、いろいろな考えを組み立てているところらしい。

私は畳みかけた。

「苗字も高橋だけど、単なる偶然？」

「いや——もしかすると——」

彼の表情はいよいよ緊張し、真剣になる。

「これ、何年?」

彼は記事の日付を確かめると、パソコンから離れてどさっと畳に座り込み、膝を抱えてじっと記憶を辿っている。

私は更にサイトを検索し、この記事の続報がないかどうかざっと調べたが、それらしきものは見当たらなかった。結局、ひとつの事故として終わったのだろう。

インターネットへの接続を切り、パソコンの電源を落とす。

真っ暗な画面。

ノートパソコンを閉じると、なんだかホッとした。禍々《まがまが》しい現実から、また二人きりの個人的な世界に戻ってこられたような気がしたのだ。

奇妙なことに、これまであんなに閉塞感を覚えていたはずの部屋なのに、どこよりも安全に思えた。

「もしかすると——いや、たぶん、きっと」

彼は顔をごしごしとこすった。

混乱している。

あの、いつも冷静な彼が混乱しているのだ。そのことが不安に拍車を掛ける。この不穏な胸騒ぎは何だろう。

彼はちらっと私を見た。

彼も私に負けず劣らず不安なのは、その目を見れば分かる。

「確証はないけれども」

彼は唇を舐めた。

「たぶん、叔母さんの子だと思う」

「え？」

思いがけない答えに、一瞬あっけにとられる。

「さっきも話した、船橋の叔母さんだよ」

「叔母さんのお子さん？　あたしたちのいとこってこと？」

「うん」

彼はこっくりと頷いた。

「確か、うちの母親が離婚して実家に戻っていた時期と、叔母さんが旦那さんと死別して旧姓に戻ってた時期が一時期重なってたはずなんだ」

「じゃあ、叔母さんも実家に戻っていたの？」

「いや。ずっと体調を崩して療養中だったと聞いてる」

私たちは、なぜか互いの表情を探り合っていた。

ぎくしゃくした視線、不安そうなまなざし。何がそんなに二人を不安にさせるのだろう？

理由は分からない。しかし、不安は募るばかりだ。

「お袋が、一度ちらっと、叔母さんは若い頃子供を亡くしている、と匂わせたことがある。はっきり言ったわけじゃない。だけど、そんなふうに感じたことを覚えてる。身体が弱かったことは知ってたし、俺はなんとなく、ああ、きっと死産したんだな、と思いこんでたんだ」

彼はのろのろと呟いた。

「でも、きっと、その高橋美雪という子がそうだったんじゃないかと思う」

「事故死だったのね」

二人でぎこちなく酒を作り、グラスに口を当てる。

もやもやした不安はいっこうに収まらない。

「あたしたち、その子と一緒に遊んだことがあるのかしら？　歳の頃もほぼ同じだったし、もしたまに実家に叔母さんが帰ってきてたら、可能性はあるよね」

「うん。可能性は、ある」

彼は暗い声で頷いた。

「あたしが見た白昼夢はこのことを指していたの？」

そう聞かずにはいられなかった。

彼に答えを求めても仕方がないことだし、あくまで私が見た夢なのだから、そもそも彼に答えられるはずのないことなのに。

「そうじゃないかな」

曖昧《あいまい》な返事。その声は硬かった。

「そうね――きっと、あたしたちと遊んだことがあったんだわ。あたしはその子がいなくなったことを思い出したのね」

そう白々しく相槌を打ったものの、問題が解決されていないことは二人ともよく承知していた。

二十数年前の、いとこの事故死。

それをなぜ一年前のあの日、なぜあの場所で思い出したのか。なぜあんな時に、それまで一度も思い出したことのないいとこを、いっぺんに歳月を越えて、唐突に思い出したのだろうか。

彼も同じ疑問を感じていることは明らかだった。

「女の子だったのね」

高橋美雪。可愛い盛りだったろうに。いっぽうで、ちょっと目を離すと、とことこどこにでも歩いていってしまう時期だ。そうして、何もないところに潜り込んで事故に遭ってしまった。

「今、叔母さんのところのお子さんは？」

「再婚して、男の子が二人。今、上が高一で下が中二だったかな」

「そうなんだ」

生きていれば同じくらいの歳だった女の子のことを考えながらお酒を飲む。ほんの一瞬の運命が、生と死を分けてしまうのだ。

子供を失う。それが母親にとって、どんなに恐ろしいことか。

「どうしてあの時に限って、そんな夢を見たんだろ」

彼がカップを揺すりながら不思議そうに私を見る。

やはり彼も同じことを考えていたのだ。

「さあね」

私も首をひねる。

「やっぱりあの時は、父親と歩いていたから、どうしても昔のことを考えざるを得ない状況だったんじゃないのかな。子供の頃のことを無意識のうちに思い出していたのかも」

「だな」

肯定しつつも、私も彼も、今ひとつ納得できない表情のままだった。

高橋美雪。

どこかで接点があったはずの少女。どんな顔をしていたのだろう。

砂場で遊ぶ二人。私と千浩。後ろ向きの少女。

駆けてくるもう一人の少女。


ふと、疑問が湧いた。

あれが高橋美雪だったのだろうか？

「ねえ、叔母さんはずっと療養中だったと言ったよね？」

「うん」

「じゃあ、その間、美雪ちゃんは誰が面倒を見ていたの？」

「えーと」

彼は再び考え込む表情になる。そのうち、思い出したように目を見開いた。

「そうだ、近所の人に預かってもらってたって聞いたよ。元保育士だった人で、自宅で近所の子の面倒をよく見てくれた人がいたって。すごく助かったって」

話しているうちに記憶が蘇ってきたらしく、雄弁になる。

「そうそう、すごく優しいおばあさんがいたな。言われてみれば、俺、一度行ったことがあるような気がする。どうしてそんなところに行ったのかは全然覚えてないけど、今にしてみればあそこがそうだったんだ。うん、そうだよ。クリーニング屋の二階で、夏で、すっごく暑かった」

全身が強張るのを感じた。

どうして？

背中にどっと冷や汗が湧いてくるのを感じる。

今の彼の台詞の何かに身体が反応したのだ。

いったい何に？　どの部分に？

必死に彼の台詞を思い出そうとするが、どれもするりと頭をすりぬけてつかまえられない。もどかしさに顔がひきつる。彼は独り言を続けた。

「ああいうのって、託児所扱いになるのかなあ。きっと、今だったら何かあるとすぐに責任問題がどうのこうのって言われるから、なかなか人の子供なんて預かれないんだろうな。すごくいいおばあちゃんだった」

託児所。おばあちゃん。保育士。

頭の中で自分の反応を窺う。違う。そういう言葉じゃない。そういう子供に関係する言葉ではなく——さっき彼が言ったのは——

クリーニング屋。すっごく暑い——


突然、ブーン、という音が頭の中に響き渡った。

次の瞬間、心の中で「あっ」と叫んでいた。

ブーン、ブーン、と頭の周りでカナブンが飛び回る音が響く。払っても払ってもつきまとう、うるさい震動音が遠くなったり近くなったり、しつこく頭の中で響き続ける。


扇風機。


頭の中に、その単語が閃いた。扇風機の回る音。すごく暑い夏。クリーニング屋の二階で、扇風機が回る。

そして、更に直感が全身を貫いた。

あの白昼夢は。

砂場で遊ぶ千浩と私。しかし、私は背中を向けていて、どんな顔をしているのか分からない。

そこに駆けてくる少女。その顔は知っている顔だ。そして、その少女もやはり私なのだ。つまり、この場面が意味するものは——


「ヒロ」

「うん?」

彼が私を見た。

「あたし、分かったような気がする」

「何を?」

口の中にじわじわと苦いものが込み上げてくる。まさか今ごろになってこんな。どうして、今更こんなことが。

そんなことがありうるだろうか——しかし、すべてがその事実を指し示しているとしか思えない。

まさか、そんな。

続きを促す彼の視線を感じながらも、私はなかなか口を開くことができなかった。

21

事実。
あるいは真実。
そういったものに、果たして意味はあるのだろうか？　意味はともかく、価値は？
最近、そんなことをよく考えてしまう。
ドラマや映画の中で、登場人物は叫ぶ。

「真実を教えて」
「大切なのは真実だ」
「真実は曲げられない」
「真実は重い」

本当だろうか。真実は何よりも大切なのだろうか。
僕が知っている限りでは——数少ない人生経験を振り返ってみても——えてして、本当のことは人を傷つける。ただのちっぽけな「事実」ですら破壊力はじゅうぶんで、凡人のささやかな人生がふっとんでしまうことだってしばしばだ。

ましてや、「真実」などというものに至っては、その残酷さは想像するに余りある。

僕と彼女の間には、長い歳月をかけて築き上げてきたさまざまな「事実」があった。

既成の「事実」もあったし、見つけた「事実」もあったし、僕らで作った「事実」もあった。

だけど、「真実」はどうだろう？

僕と彼女の間に、「真実」はあったのだろうか。

今、目の前にいる彼女は、何かを語ろうとしている。それが「真実」なのかどうかは分からない。

けれど、それが何かを破壊しようとしているのは確かだった。

「たぶん、あたしはそこにいたんだと思うの」

彼女は溜息のように話し始めた。

「そこというのは？」

「その、クリーニング屋の二階よ」

「アキが？　どうして？」

「預けられていたから」

「アキが？」

彼女は暗い、しかし確信に満ちた目で射るように僕を見た。

「あたしたち、子供の頃に一緒に住んでいないのよ」

「えっ――」

「あたしの記憶にある、泣いていた子はよその子だったんだわ。あれは、ヒロじゃない。あたしたちは記憶を共有していなかった」

頭が混乱する。彼女が何を言い出したのか分からなかった。

いや、本当に、分からないのだろうか。実は、うっすらと不穏な核のようなものは感じていた。

彼女が口にする前から、その核を知っているような気がした。

けれど、理解することを身体が拒絶していた。知りたくなかったのだ。

「ねえ、ヒロ、あなた本当に分からないの。あたしが何を言おうとしているか」

彼女は見透かしたような声を出した。

僕は黙っていた。

例によって、僕は自分が引導を渡すことを恐れていた。責任を持たなければならないようなことを口にすることから逃げていたのだ。

彼女はじっと僕を見ていたが、やがて静かに言った。

「あたしは、子供の時、事故で死んだのよ。この記事にある通り」

彼女は強い。

この強さに僕は惹かれ、憧れた。そして、この強さから逃げようとしている。

今度も彼女は、自分から言ってくれた。言うべきことを。僕の代わりに。


「死んだ？　アキが？」

それでも僕は白ばっくれていた。

「じゃあ、今目の前にいるのは誰だというんだ？」

彼女は、今やうっすらとほほ笑みすら浮かべていた。

「知っているくせに。あなたって、いつもそうね。何かを言うのはいつもあたしの役ね」

見抜かれている。

全て、見抜かれている。


「あたしは、高橋美雪なんだわ」


何かがぷつんと切れた。

僕と彼女を繋いでいたもの。僕と彼女が築き上げてきたもの。

ほんの一瞬だった。彼女のその一言で、拍子抜けするくらいあっさりと、僕と彼女の間にあった何かが切れた。

これが真実だろうか。僕と彼女の間の、「真実」がこれなのだろうか。

「あなたの母親と、あたしの母親。当時、二人は幼い子供を抱えて困窮していた。肉体的にも、経済的にも追い詰められていたあなたの母親は、娘を養女に出すことにした」

彼女はもうきちんと言い分けていた。

あなたの母親と、あたしの母親。

僕たちは異なる母親から生まれたのだ。姉妹である母親たちから。

「もう、事故のあった頃には、千明を養女に出すことは決まっていたんでしょう。もしかすると、既に金銭的な見返りか、実質的な援助を養女に出す先から受け取っていたのかもしれない。そんな矢先、千明は外に遊びに出ていて事故に遭う。近所の工事現場に入り込んで、転落してしまう。誰も予期できなかった不幸な事故」

彼女の声は、淡々と説明を続けていた。

いつも直感の優れている彼女。僕よりも先に、真実に辿り着く彼女。冷静で、論理的で、落ち着いている彼女。

「母親は困ったでしょうね。既に謝礼は受け取り、恐らくは、生活費に遣ってしまっている。今更養女に出せないとは言えない」

「母親は妹に相談する」

「妹は、姉よりも更に貧窮《ひんきゅう》していた。妹には娘が一人。夫とは死別。本人が病で臥《ふ》せっていた上、子供の世話は近所の人の厚意にすがっていたものの、とても自分では面倒が見られない」

「そこで、二人は決心する」

「高橋美雪を、千明として養女に出すことを」


どうして、彼女の言葉がこんなふうに切れ切れに聞こえるのだろう。まるで、切り張りしたドキュメンタリーのようだ。不思議と、モザイクのようにばらばらに重なりあって耳に入ってくる。声だけではない。彼女の姿も、いろいろな表情がフラッシュバックのように目に映る。僕はよほど混乱しているらしい。

彼女の声は続いていた。


「どんなふうに口裏を合わせたのかは分からない。捜索願は、千明の名で出されていたはずだから。その親切なおばあさんも協力してくれたのかもしれない。行方不明だったのは千明ではなく美雪だったということにしてしまう。もしかすると、二人でいなくなって、千明はひょっこり戻ってきたということにしたかも」

「なにしろ、歳の頃はほぼ同じ。姉妹だから、娘の顔もどことなく似ている。養父母も、本人に会っていたかどうかは分からないけれど、幼児の顔なんてどんどん変わっていくし、かつて引き合わされた女の子と同一人物かなんて気付かないはず」

「こうして、高橋美雪は高橋千明になった。高橋千明として、よそに貰われていった。高橋美雪は、藤本千明になった」

気が付くと、再び沈黙が降りていた。

糸は切れてしまっている。切れた糸を繕うものは何もないし、互いに繕う気もない。

「どう、この説明は？　これで説明がつくでしょう？」

暫くして、はっきりと笑みを浮かべた彼女が言った。

「あたしがあなたとの子供時代の記憶がないわけ。東照宮に似た立派な時計を覚えていないわけ。そして、山の中で見た白昼夢。そのきっかけになった、クリーニング屋の二階。扇風機」

彼女は歌うように言った。

「虫の羽音。換気扇」

愉快そう、と言ってもいいくらいだ。

「たまに遊びに来たヒロが覚えているくらいだもの。そこで暮らしていたあたしの身体の底に、その音はずっと残っていたんだわ。それをあの時、思い出したの」

夢見るような目付き。

彼女の頭の中で鳴っている扇風機の音が、僕にも聞こえるような気がした。

ぶーん、ぶーん、ブーン、と。

「夢だって説明がつくわ」

彼女はふと、自分の両手の掌を見た。

何かを埋めている子供。

「二人の千明。ヒロと遊んでいた千明の顔が見えなかったはずだわ。あたしは自分を千明として認識してきたのに、本物の千明は別人だったんだもの。あたしは千明ではなかった――だけども、千明だった。駆けてきた子供こそがあたしだった――あたしは千明になった。だから、二人の千明がいた。あたしは覚えていたんだわ。千明になったあたしは、本物の千明を埋葬した――文字通り、死んでしまった千明を、本物だった千明を、あたしは埋めた。あたしだけじゃない、ヒロも、みんなも、彼女を埋めた。そして、その事実は隠蔽されたんだ」

そうなのだ。

やっぱり僕も共犯なのだ。

恐らくは、千明は事故のすぐ後に貰われていったのだろう。

僕は、自分の片割れがいなくなったことを、そんなに重大なこととして受け止めていなかったに違いない。それから一人っ子として、当然のように母親の愛情を享受してきたのだ。

「記憶って凄いわね」

彼女はまた、自分の掌を見下ろした。まるで、その中に記憶が刻みこまれているとでもいうように。

「まさか、こんなことを思い出すなんて。換気扇で、一年前のことを思い出すなんて」

一瞬、泣き笑いのような表情で、彼女は僕を見た。

「不思議ね」

僕たちはじっと見つめ合った。

やはり糸は切れたままだ。何も残っていない。

「あたしたち、いとこどうしだったのね。双子ではなく」

結論も、彼女が言ってくれた。

奇妙な安堵が、胸の中に湧いた。

いとこどうし。

なんという間の抜けた響きだろう。それが自分たちを指す言葉だとはとうてい受け入れられなかった。それは、全くなじみのない言葉だった。

彼女がかすかに身体を震わせ始めた。

不審に思い、恐る恐る彼女の顔を見る。

彼女は笑っていた。肩を震わせ、くっくっ、とこらえきれないように、ひきつった笑い声を漏らし始めたのだ。

なぜかそれがひどく癇《かん》に障った。

「何がおかしい。何を笑ってるんだよ」

僕の不機嫌な声を聞くと、彼女は驚いたように僕を見たが、やがてにやりと卑しい表情の笑みを浮かべると、更に声を上げて「あははは」と笑い始めた。

フツフツと怒りが湧いてくる。

「笑うなよ。笑いごとじゃないだろ」

「だって」

彼女は涙まで流している。

「馬鹿らしい。あんなに悩んで、苦しんで。腹の探り合いまでして。ああ、ほんと、馬鹿馬鹿しい。あっはは。いとこだったなんて」


「黙れよ」


よほど怖い声を出していたのだろう。

彼女はぴたりと笑い止むと、真顔になって座りなおし、怯えたように僕を見た。

「何怒ってるの」

いや、怒っているのは彼女だった。

僕は、自分がそのきっかけを作ってしまったことに気付いた。

彼女の目に、僕に対する怒りが噴き出してくるのが見えるような気がした。

「なんであなたが怒るの。何も結果は変わらないでしょう。茶番劇を演じていたのはあたしで、あなたじゃない。あなたはいつも安全地帯にいて、何も見ようとしない。あたしの顔色を窺って、びくびくどこかに逃げ出すだけ。あたしたちがいとこだったことだって、あなたには一生探り当てることなんかできなかったでしょう。怒っていいのはあたしよ。あなたじゃない」

彼女の怒りの放射に、身体が反応していた。

これまでに感じたことのない、爆発的な憎悪の衝動だった。

22

彼に張り倒された時、私は奇妙なデジャ・ビュを見ていた。

この光景をずっと前から知っていたような気がしたのだ。

彼の目の光を見た瞬間、殺される、と思った。

これまでに見たことのない、恐らくは誰も見たことのない彼がそこにいた。あの、彼だけの部屋の、暗いドアの向こうにいる彼が。

本当に激昂した彼を見るのはこれが初めてだった。

その凄まじさに、私は自分が彼にぶつけた怒りがたいしたことはないことを思い知らされたほどだ。

いっぽうで、私は冷静だった。

やはり、今夜ここで私は彼に殺されるのだ。望みどおり、ここで彼の目の前で人生を終えるのだ。これで何もかも終わる。楽になる。

人ごとのように、私は張り倒された自分を天井から見下ろしていた。

陳腐な光景。ありふれた光景。男女の痴情のもつれ。新聞の記事が目に見えるようだった。もっとも、私たちの場合、きょうだいの感情の行き違い、ということになるのだろうか。いや、今となっては、いとこどうしだったと分かったのだけれど。

これだけのことを考えたのはほんの一瞬のことで、次の瞬間、私はじんじんする頬の痛みを感じながら、畳の上に転がっていた。

上から見下ろしていたはずなのに、今では壁と天井が見え、裸電球が目に眩しい。

期待に反して、彼はそれ以上の手出しはしなかった。むしろさっきよりも離れた場所に、真っ赤な顔をして座り込んでいる。

なんだ、生きてるじゃないの。

私は気抜けして——いや、正直にいうと激しく落胆して畳の上に横たわっていた。頬はどんどん熱を持ってくるけれど、それよりも、彼が私を殺してくれず、馬鹿みたいに畳に倒れている屈辱の痛みのほうがじわじわと効いてくる。

ちらっと彼の顔を見ると、彼は私と自分への嫌悪感を顔にいっぱいに浮かべ、うなだれて座っていた。

意気地なし。

私は冷たい気持ちで彼の顔を眺めていた。

そうよ、怒っていいのは私だ。私にこそ、怒る権利がある。あなたにはない。いっそ、憎悪を募らせて、衝動的に殺してくれればよかったのに。結局、あなたはいつも自分の手を汚さない。決定的な一言はいつも私に言わせ、言わせておいて聞きたくないと耳を塞《ふさ》ぐ。

私はのろのろと起き上がった。

頭がふらふらするのは、張り倒されたのと、酔っているのと両方らしい。

いとこどうし。

頭の中では、その言葉が焼きついたまま消えなかった。

いとこどうしなら結婚もできるし、実際、ほんの少し前までの日本では、よくいとこどうしで縁組みが為されていた。職場にも、ひと組、いとこと結婚した人を知っている。

障害はなかった。

そのことが信じられなかった。

お互い必死に、一線を越えるまいと持ちこたえてきた努力は、単なる茶番に過ぎなかったのだ。

やはり、口元に皮肉な笑みが浮かんできてしまう。

張られた頬は更に熱を持ち、痛みを訴えていたが、それでもつい笑ってしまうのだ。

自分が辿り着いた真相には自信があった。全てが腑に落ちるし、胸の底に静かな確信があって、もはやそこからぶれることはない。

私たちは、姉妹とはいえ異なる母親から生まれ、別々に育った。

急に疲労を感じ、私はそっと後退りをして、壁に寄りかかった。冷たい壁が心地好い。

どうして惹かれあったのだろう。やはり血のせいなのだろうか。何が私たちを巡り逢わせたのだろう。

私はチラリと視線を動かした。

かつて惹かれあった、眩しい季節を過ごした男がそこにいた。

嫌悪に顔を歪め、うなだれて膝を抱えた男が目の前に。


そして、私は恐ろしいことに気付き始めていた。

私は、急速に、彼に対する興味を失いつつあったのである。

障害などない、ただのいとこどうしであったという事実を確信した瞬間から、彼に対する感情がどんどん醒めていくことを自覚していたのだ。

人の心とは、なんと不思議なのだろう。

障害があるからこそ燃え上がる恋。話には聞いていたけれど、私の彼に対する感情は、しょせんその程度のものだったのだろうか。障害は障害でなかったと知ったとたんに、これほどまでに気持ちが醒めるとは夢にも思わなかった。

手を畳の上につこうとした時、スカートのポケットの中にあるナイフに気付いた。


山で死んだ男。

あの男は、私の父親ではなかった。彼の父親だったけれど、私とは赤の他人だったのだ。

そう考えると、不思議な心地がした。ついさっきまで、自分の父親だと思っていたのに。

彼はなぜ死んだのだろう。


改めて、疑問が湧いてきた。

彼と議論してきた時とは別の視点があるような気がした。

私はこの上なく冷静だった。今なら世界中の真理がつかめそうだ。

やはり、あれほどのベテランが、あの見晴らしのよい崖から事故で落ちるというのは不自然な気がする。「突然の息子の出現に動揺して。もしくは、息子だということを確かめようとして」というのが二人で出したこれまでの結論だったが、だからといってわざわざあんな崖っぷちに出ていく必要があるだろうか。

見晴らしのよいスポットである崖。

ふと、その言葉が引っ掛かった。

景色を思い浮かべてみる。

あの崖の下は、平地だった。ルートのひとつであり、現に私たちは最初にあの崖の下を通って山に入った。

頭の中に、三人でぞろぞろ歩いていた時の映像が浮かぶ。

もしも、あそこに誰かが来ていたら。

あの崖の下に誰かが通りかかっていて、何かを伝えようとしたり、合図しようとしたりするのならば、あの場所から声を掛けるのがいちばんよいのではないか。

他の場所は森の中の一本道だし、崖の下の道からは見えない。

あの休憩場所ならば、崖の下にいる人間が上にいる人間とコンタクトを取るのに最適だ。

なぜか、私は冷や汗を掻いていた。

ぞわぞわと、恐ろしい気配が背中をかすめる。

なぜこんなに緊張しているのだろう。私は何を思いつこうとしているのか。

もし——もしも、あの男が、別れた妻との間の子供たちの存在を知っていたとしたら。

唐突にそんな仮定が浮かんだ。

私はそっと、うなだれているいとこを見た。


もし、あの男と、この男が似ているとしたら——さりげなく目の前の事実に知らんぷりをし、責任を回避して、逃げるところがそっくりだったとしたら。


突然、あの男と目の前の男がぴったりと重なった。

思いがけないほど、二人は似ていた。

冷静で頭がよく、いつも自分の手を汚さない男。自分の偽善に気が付かないふりをしている男。彼らは勘がいい。自分に降りかかりそうな面倒を、事前に素早く察知する勘には長けているのだ。

あの男は、自分にガイドを頼んできた東京からの客が、自分の子供たちではないかと疑っていた。恐らくは、別れた妻が子供を産んでいたことも知っていたのだ。

そして、彼は既に確証を得ていた——千浩のナイフや、彼の吸った煙草はそれを裏付ける傍証でしかない。それは念のためであって、もちろんあの男に自分が父親だと名乗るつもりはこれっぽっちも無かっただろう。

かつては生来の風来坊を自認していた男も、この土地に腰を据え、守るものができた今は、すっかり臆病になってしまっている。今の生活に波風を立てる気は全くない。

しかし、あの男がこそこそと事前にお客のことを探っていることに不審の念を抱いた人物がいたとしたら——もしも、息子がやってくることに気付いていたのが、あの男だけではなかったとしたら。

目の前にくっきりと、ある光景が浮かんできた。

崖の下で、幼い子供を抱いた若い女が、目を血走らせてこちらを見上げている光景が。

都会から来た男。かつて結婚していて、別れた妻がいる。知らない過去、知らない歳月を沢山持っている夫。その夫が、東京から来る客にそわそわしている。何かを疑い、何かを調べている。現在の若い妻は、その様子を見て不安になる。過去が何かを連れてくるのではないかと恐れを抱いている。いや、正確には、過去が夫を連れ去るのではないかと怯えているのだ。

彼女は、夫の調べものの内容を追いかける。彼女は、幼い子供を抱える妻の勘で、夫と同じ結論に達する——今度やってくる客が、かつての別れた妻が産んだ夫の子供であると。

どんな会話が交わされるのか。

何が起きるのか。

妻は案じていたはずだ。

もしかして、その会話の内容次第では、夫は自分から離れていくかもしれない——東京に戻ると言い出すかもしれない——もしくは、何か金品を要求されて、自分たちの生活を窮乏《きゅうぼう》に陥れるかもしれない——あるいは、成長した子供たちを見て、心を動かされ、彼らの元に帰りたくなるかもしれない——もしかして、夫は自分たちを捨てるかもしれない。

もしかして、もしかして。

彼女の心は猜疑心と不安でいっぱいだったはずだ。

しかも、初日のガイドを終え、帰ってきた夫は沈みがちで、何か一人でじっと考え込んでいる。ますます妻の心は不安で満たされ、いてもたってもいられなくなる。

彼女は翌日、行動に出る。

子供を抱え、夫の仕事場に出かけていく決心をしたのだ。

東京から来た客に会わせてほしい。

彼女は、そう彼の携帯に電話をしたのかもしれない。


さあ、夫はどうするだろう？


あの男が焦るさまが目に見えるようだった。

彼は慌てて休憩を取る。子供たち二人をどこかに足止めしておかなければならない。

もしかすると、あの辺りで、妻から「下の登山口まで来ている」という連絡があったのかもしれない。

彼は焦る。妻を説得したい。子供たち二人から離れた場所で、電話を掛ける。

彼が泡を食って携帯電話に話し掛けているところがまざまざと目に浮かんだ。

今ここで、ガイド中に、別れた妻が産んだ自分の子供たちに、現在の妻を会わせることはどうしても回避したい。なにしろ、彼は子供たちの存在を知らないことになっているし、実際二日間そう振舞ってきたし、このまま子供たちと別れるつもりだったからだ。

妻に、「別れた奥さんの子供でしょう」と目の前で名指しされることだけは避けたい。そんなことをされたら、これまで自分の演技を信じてくれていた子供たちのほうからも、何か余計なことを言い出される事態になりかねない。

彼は、下まで来ている妻をなんとか引き止めたいと考える。
唯一、下の登山口が見える場所――あの、見晴らしのよい休憩場所の崖から、下にいる妻に向かって懸命にサインを送ろうとする――

彼は、必要以上に身を乗り出す。
彼は、足を滑らせる。
彼は、墜落する。
子供を抱えてやってきた妻の目の前で。

あまりにもくっきりとその光景が見えたために、私は悪寒《おかん》が込み上げてくるのを抑えられなかった――驚愕に満ちた夫と妻の表情、無邪気に父親の墜落を眺める幼い息子――一目で帰らぬ人となったことを悟った妻が、その場から反射的に逃げ出していくその背中までもが、まざまざと。

23

感情を爆発させてしまうと、最初は気まずさが、やがてじわじわと自己嫌悪が身体の中に広がっていった。

まさか自分が女性に暴力を振るうとは。

しかも、彼女に対して。

まさか、この僕が。

自己嫌悪というものは、本当に口の中が苦くなるものだ。

取り返しのつかない一撃。

もはや、彼女が僕に対して未練を残すことなどないだろう。彼女の頬を打った手がひりひりと痛かった。その感触がなかなか消えていかず、掌の中で繰り返しその瞬間が反芻され、いつまでも目の前に残像が残っているような気がした。

彼女はしばらく畳の上に横になっていた。

ぴくりとも動かない。

痛みで動けないというのではなく、やはり、僕にぶたれたことがショックだったのだろう。

怒っているのか、悲しんでいるのか、驚いているのか。

彼女が振り返る瞬間が恐ろしかった。

やがてのろのろと起き上がった彼女はぼんやりとこちらを見た。

乱れた髪を直そうともせず、何の感情も読み取れないことを、僕は視界の隅に盗み見ていた。

なんだったのだろう、ほんの少し前、僕の中で一瞬のうちに噴き出し、荒れ狂い、破裂したものの正体は。なぜあんなにも激昂してしまったのだろう。

暫く動くことができなかった。

彼女の顔も見られない。しかし、彼女がじっとこちらを見ていることは気付いていた。

やがて、彼女の表情が変わった気配に気付き、思わず彼女を見てしまった。

そこにあったのは、驚愕だった。

その驚愕が伝染して、僕も思わずびくっとする。

「どうかした?」

最初に詫びる言葉を発すべきだったのだろうが、僕の口から飛び出したのはその質問だった。

彼女自身、僕に殴られたことよりも別のことに気を取られているようだった。

「ううん、別に」

彼女は首を振り、無表情になった。

「でも、あたし、なんであなたのお父さんがあそこで亡くなったのか分かったような気がする」

「え?」

思わず聞き返した僕から、彼女はスッと目を逸らした。

「どうして? 何の理由だったと?」

あなたのお父さん。

彼女はいよいよ既成事実としてそのことを認めたようだった。

あたしのお父さんではない。

そういう声が聞こえたような気がした。

彼女は無言だった。

「何か思い出したの？」

僕はもう一度尋ねた。彼女があの男の死について何か思いついたというのならば、それを是非聞きたかった。

彼女はキッと僕を見た。

そこに、最も恐れていたものを見て、僕はカッと身体が熱くなった——軽蔑《けいべつ》。

彼女の顔に浮かんでいたのは、僕に対する氷のような軽蔑だった。

「たまには自分で考えてみれば？　あなたのお父さんなんだし——あなたに性格も似てたようだし」

その冷ややかな口調に、僕は更に顔が熱くなった。

「そんなこと、分からない」

「そう？　あたしは似てると思ったわ。あなたがお父さんだったと想像してみればいいのよ。あの時彼が何を考えていたか、そのつもりで想像してみれば」

彼女はそう言いながらも、もうどうでもいいようだった。

その声からは、軽蔑すらも消えていた。そこにあるのは、自分とは無関係である、というあきらめのような虚しさだけだった。

「アキにはもう関係ないからいいのかもしれないけど」

僕は怒りを押し殺しながら努めて冷静に話し掛けた。

「僕にとっては、父親のことだ。何か意見があるのなら、聞いておきたい」

彼女は目を丸くし、クッ、と笑い出した。

「なんだよ」

僕は再びどす黒い怒りが突き上げてくるのをこらえるのに苦労した。

彼女はゆるゆると首を振った。

「『聞いておきたい』。『聞いておきたい』、のね。『聞かせて』じゃなくて。あくまでも『聞いておきたい』。しょせんその程度の存在なのね、あなたのお父さんて」

ぐっと詰まる。

彼女は首を振り続けた。

「教えないわ。どうせあたしの妄想だもの。あたしの思いつきを話しても、あなたはいつも否定するか驚いてばっかり。その癖、あたしが何か言うのを待ってる。きっとあなたは思いつきでひどいことを言うあたしを憎むわ。今だって、既に憎んでる。あなたの聞きたくない話ばかりするから」

「そんなことないよ」

彼女の正しい指摘に、僕はかろうじて動揺を見せないようにするのが精一杯だった。全面的に彼女が正しいことを知っていただけに。

「怒ってなんかいない。だから、教えてよ」

なけなしの誠意を込めて、僕は彼女に頼んだ。

しかし、彼女は無関心さを覗かせて僕を一瞥しただけだった。

「教えないわ」

「そんな意地悪しなくてもいいだろ」

「また殴られるのはいや」

謝っていないことを思い出した僕は、慌てて深々と頭を下げた。

「ごめん。悪かった。暴力を振るうつもりはなかった。本当だ」

「ううん、あなたはね、本当は暴力的な人なのよ」

のろのろと彼女は首を振り、そう呟いた。

「僕が？」

「ええ。以前から、そう思っていたわ」

「僕は暴力的なんかじゃない」

やっきになって否定する。

「でも、さっきあたしをぶったわ」

「だから、それは謝るよ。いろいろなことに動揺してただけなんだ――いろいろ、思いがけない真相が分かったから」

「ええ、あたしのせいね。だから、もう思いつきを喋るのはやめるわ」

彼女は溜息のように呟いた。

申し開きの言葉は山ほど浮かんできたが、僕は不安になった。

もしかして、彼女がそういうのならば、僕は本当に暴力的な人間なのかもしれない。そんな考えがどこかから浮かんできたからだ。

ふと、彼女は思いついたように僕を見た。

「ねえ、ヒロ、あなた、誰かを愛したことがある？　本当に、誰かのことを心から？」

一瞬、胸が詰まった。

彼女の何気ない質問は、この夜のさまざまな不意打ちの中でも、最も激しい不意打ちだった。

あなた、誰かを愛したことがある？

ぼんやりとこちらを見ている彼女の目。

彼女はもはや、僕に対して愛情を感じていないばかりか、僕が彼女に対して愛情を抱いていたことなど、これっぽっちも信じていないのだった。

自分がひどく傷ついていること、激しく動揺していることが自分でも意外だった。

そして、僕は彼女の質問に答えることができなかった——自分でも、誰かのことを愛したことがあるのかどうか自信がなかったからだ。

実沙子の顔が、いよいよ思い出せなくなっていた。

どこか遠いところの、古びた写真のようで、ここを出て彼女のところに行くというのが信じられなかった。

しかし、彼女は僕の返事など期待していなかった。

スカートの膝を抱えて自分の世界に籠ってしまい、じっと壁の一点を眺めている。

ふと、疲労を感じた。

感情の応酬や、自己嫌悪や、意地を張ることに疲れてしまった。

なんと濃密な夜になってしまったことだろう——いったい何をしているのだろう、僕たちは。

僕はごろりと畳に横になった。

汗で畳がべたつく。

世界が滅びてしまえばいいのに。

投げやりな心地でそんなことを考える。

この世に残っているのはこのアパートのこの部屋だけ。外は焼け野原で、僕たち二人だけが世界が終わったことに気付いていない。このまま何もせず、畳に寝転んだまま朽ち果ててしまえばいい。

「映画の最後を思い出したわ」

唐突に、彼女が呟いた。

「え？」

「さっき話した映画よ。大学生が、アパートの一室で、どれだけガスに耐えられるか我慢比べをする話」

「最後はどうなるの」

半ば惰性で尋ねていた。

「結局、みんな逃げ出して、おしまい。ラストシーンは、女の子が一人で夜の街の中に出ていくところ。演歌みたいな曲が流れて、それで終わり」

「ふうん。つまんないね」

「つまんないわ」

随分久しぶりに二人の意見が合ったような気がする。

「ほんと、つまらない」

彼女がもう一度言った。

ふと、台所に目をやる。

「ガス自殺ってどれくらいで死ねるのかしら?」

「結構部屋広いから難しいんじゃないのかな。車で排気ガスを引き込むほうが確実だよ。都市ガスだと、引火して爆発したりするから、えらい近所迷惑だ」

「そうね。大家さんが可哀相。住人が自殺した部屋じゃ、そのあともお客さんつかないだろうしね」

「部屋を閉め切って練炭を焚くっていう手がある。一酸化炭素中毒。これなら爆発はしないと思う」

「ああ、ネットで自殺仲間を募ってやる方法ね」

惰性で会話を続けていたものの、彼女の目にかすかに興味が浮かんだ。

「あたしとヒロがここで死んでたら、世間はどう思うかしら？」

「一酸化炭素中毒で？」

「なんでもいい。引っ越し当日の朝に、あたしたち二人がここで死んでたら、人はなんて言うかしら」

畳の上に横たわっている二人が目に浮かんだ。

なぜかその光景はリアルだった。

現に、今も似たようなポーズを取っているし。

「自殺？　他殺？」

「不明なの」

「なんだろう。世をはかなんで、っていうのも変だしな」

「双子のきょうだいが心中する理由って何かしら」

「なんだろな」

恐らく、頭の中では二人とも同じ答えを思い浮かべていたはずだ。


許されない愛を成就させるため。


もちろん、僕たちは決してその答えを口にすることはない。

奇妙なことに、この時、僕らの間に、かつて感じていた一体感が戻ってきていた。

長い心理戦の果てに、疲れきった二人は、いつのまにか素の状態に帰ってきた。ここ数ヵ月のギクシャクした生活もどこかに行ってしまい、かつての似た者どうしがこの瞬間だけ戻ってきたのだ。

「疲れたね」

彼女がぽつんと呟いた。

「うん」

僕も頷く。

「一緒に死んじゃおうか?」

彼女はにっこり笑ってそう言った。

僕はぞくりと身体が震えるのを感じた。

なぜなら、その時の彼女の笑みがとても官能的で美しかったから。

そして、僕がその提案をとても嬉しく感じていたからだった。

24

高校一年の頃、つきあっている子がいた。

心根の優しい、清潔感のある男の子だった。

けれど、今にして思えば、私が彼を好きだったのは、彼が私を好きだったからだ。私は私を好いてくれる彼が好きだったのであって、彼を好きだったからつきあっていたわけではなかったのだ。

この違いは、恋を恋とも認識できない幼いティーンエイジャーにはよく分からないものだ。私は彼に恋していると思っていたし、実際、彼に会うとどきどきして楽しかった。

私は恋人らしく振舞った。彼が望むような言葉を言ったし、彼が望むような表情を見せた。自分では真意から出たものだと思っていた。これが恋だ、と満足していた。

しかし、今ならば分かるけれど、好いているほうは、相手が自分の好意に真に応えているのかそうでないかを瞬時に見破るものだ。

彼は私が演技をしていると感じていたらしく、徐々にそのことに耐えられなくなっていった。少しずつそのことを口に出し、ことあるごとに私をなじるようになった。私は面食らうばかりで、なぜ非難されるのかちっとも理解できなかったし、責められることにだんだん腹が立ってきて、やがて気まずくなって別れてしまった。

なぜ、唐突にそんなことを思い出したのか不思議だった。

もう数時間後には別れることが分かっている男に、「一緒に死んじゃおうか」と提案した今この時になって。

目の前の男は、あの子にちっとも似ていない。あの子はあの歳にしては寛容で濃《こま》やかな、よくできた子だった。顔だって全然タイプが異なるし、あの子を連想させるようなものは何もなかったはずだ。

しかし、いったん思い出してしまうと、なかなか頭の中からあの子の姿が消えなかった。

じっと立ってこちらを見ているあの子。

寒い日の姿だ。マフラーを巻いて静かな目でこちらを注視している。

そう、あの子は私を非難しているのだ。

その目はこう言っている。

好きなふりをしなくてもいいよ。

そうだ、正確にはこう言った。

「ねえ、もういいよ。無理して好きなふりしなくても」

あの子はあの日、そう言ったのだ。

私は顔がカッと熱くなるのを感じた。どうしてそんな意地悪を言うの、と思った。あたしはこんなにもにこやかに話し掛けているのに。あたしはこんなにもあなたにサービスしているのに。

それでも、彼の目に浮かんだ淋しそうなあきらめの色に私はうろたえた。

突然、憑《つ》き物《もの》が落ちたように全身が冷たくなっていくのを感じた。

ようやく、自分が彼に合わせて演技をしていたのかもしれない、と気付かされたのだ。

あの時の後ろめたさ、恥ずかしさ、決まりの悪さ。私はそれを打ち消すために腹を立てたふりをし、怒りにそれらの感情を変換させることで、おのれの蒔いた種である偽善と傲慢と残酷さの恥辱から逃れようとしたのだ。

不意に、理解した。

つまり、私は今、あの時と同じことをしているのだ。

好きでもないのに、ほとんど惰性で彼の歓心を買おうとして、私はリップサービスをしていた。


「一緒に死んじゃおうか」


そう言った時に彼の目に浮かんだ歓びの色を、私は見逃さなかった。かつて感じた後ろめたさが同じ強さでどこかを突いた。

彼は、私が彼のことを許したと思ったのだろう。

許してはいなかった。もはやどうでもよかっただけなのだ。

しかし、私はそれでもお世辞を言った。もう好きでもない男、明日――いや、もう今日だ――他の女のところに行こうとしている男に。

内心そんなお世辞を言う自分にうんざりしているくせに、それでも歓心を買おうとしてしまうのはなぜなのだろう。人に嫌われるのが怖いからだろうか。

そんなことを考えていると、目の前の男の唇が動いた。

それはこう言っていた。


「いいよ。アキと一緒なら」


ふっと後ろめたさが消えていった。

なるほど、彼も私にリップサービスをしているのだ。

ならば、彼の目に浮かんだ歓びも、演技でないと誰が言えよう。私だって、あの少年に対し、自分が恋していると思った時はきらきらした表情を浮かべることができた。目に愛情を滲ませ、優しく見つめることだってできた。

今の私たちは大人だ。もっと演技力は向上しているし、これが最後だと思えば互いに優しい記憶を残して立ち去りたいと思っても不思議ではない。

要は、歳を取ったということなのだろう。

そう思いついて、心の中で苦笑する。

若ければ、その場その場の感情で、すべてをかなぐり捨てていけた。ばっさりと関係を断ち切って立ち去ることができた。

けれど、歳を取るとそうはいかなくなってくる。妥協や計算も生まれてくるし、何より淋しさというものを恐れるようになる。淋しい思いをしたり、嫌な気持ちになるくらいなら、互いの嫌なところは目をつぶり、身体を丸めて撤収することを覚えるのだ。

大人の知恵。心を守るための知恵。

こうして今、私たちは、まるでかつての私たちのように見つめあっている。互いの心に抱えるものに気付かぬふりをして、ずっと共犯関係を続けていたこれまでの歳月のように。

ふと、彼に発した疑問が自分に跳ね返ってくるのを感じた。


あなた、誰かを愛したことがある？

私はどうだったのだろうか。雄二を愛していたのだろうか。目の前の男を愛したことがあったのだろうか。あれは本当に愛だったのだろうか。今また過ちを繰り返しているだけなのではないか。私は今も、遠い日の、マフラーを巻いた少年に告発されるような行為をし続けているのかもしれない。


ふっと視線を外し、彼はごろりと畳に寝転がった。

「死ぬって、凄いシステムだよねえ」

唐突に呟く。

「そうだね」

私も頷く。

「不老不死って、実はそんなに面白くないかも」

共犯者なのだから、このくらい話を合わせるのはお手のものだ。

彼は天井を見つめたまま続けた。

「しかも、人間の場合、自分で死ねるって凄い。死が生の選択肢のひとつに入ってるっていうのは、なんか意味深だよね」

「レミングが集団自殺するのは嘘だって本当かな」

「ああ、最近の研究だとそうなんだってね」

「じゃあ、あれはなんなの？　みんなで突進して崖から海に飛び込むっていうのは。バンジージャンプ？　まさかね」

「もしかするとそうなのかもよ」

ほとんど惰性で答えた私に彼が真面目に相槌を打ったので、思わず顔を見てしまった。

「バンジージャンプ？」

繰り返すと彼は頷いた。

「飛んで火に入る夏の虫、だってそうじゃん。自分から光に飛び込んでいくけど、別に虫が自殺してるとは思わないよねえ」

「うん。そりゃそうだよ。だけどほんとに凄い勢いでいっぱい飛び込むんだよね、虫って。どうしてなんだろ」

思わず公園の街灯に目をやっていた。

「理由は分かんないけど、飛び込んでる時の虫の中にあるのは興奮と歓喜だろうな。つまり、そういうことだよ」

「何がそういうことなの？」

「やっぱり、死は『生きる』ということの無数の選択肢の中のひとつなんだよ。生と死が別個にあるんじゃなくて、死は生の一部分なんじゃないかな」

「ああ、なるほど。そう言われると、なんだか穏やかな気分になれるね。でも、それって自殺を肯定してるってことなの？」

「肯定も否定もしてないよ。あくまでも選択肢のひとつっていうだけだよ。自殺でなくても不条理な死はいっぱいあるし」

「うん、確かに」

工事現場で落ちた子供。その小さな女の子が、私をここまで連れてきた。

崖から落ちた男。彼をこの世に授けた男。

病院でこの世を去りつつある女。

無数の生の選択からたまたまそうではないものを選び、私と彼は今ここにいる。

すべてが生の選択肢であるのだとすると、人を好きになるというのはどういうことなのだろうか。

利己的な遺伝子がなせるわざであり、単に子孫を残すという欲求のためならば、欲望だけがあれば済むはずなのに。

不完全で弱い存在で産まれてくる子供を育てるための動機付けだろうか。しかし、それもまた結局は、子孫を残すためということになる。愛は愛のためのものでなく、子孫のためのもの。そう考えると、好きという気持ちの行き場のなさ、達成感のなさは、子孫の繁栄という、生物の唯一無二の目的に裏打ちされていないせいなのかもしれない。

「死は生のひとつ、か」

私はそう呟いていた。

そう、今この瞬間ならそのことを実感できる。

こんなふうに疲れ切って、先のことが何も見えない時。すべてが面倒になって、惰性のようなリップサービスしかできず、そのことに嫌悪することもできない時。

こんな時、死の誘惑は訪れる。

何気ない顔をして、甘美な香りを漂わせ、すぐそこに、手の届くところに。

もしかして、それは安息なのではないか。

そう錯覚してしまう。

ここから逃れてそこに行けば、楽になれるのではないか。安らぎがあるのではないか。そう考えてしまう。

なるほど、心中というのは、ある意味で生の成就なのだ。好きということの達成感を得るのに、互いの死くらい明確なものはない。それぞれの命をもって子孫を残すことを否定するのだから。

彼が畳に横たわったまま、視線を動かした。

「もうじき夜明けだ。なんとなく空が明るくなってきた」

「人がいちばん死にたくなる時間ね」

窓の外に目をやる。

初夏の夜明けは早い。

まだ真っ暗だけれど、それでもやはりどこかに朝の予感が忍び寄っている。空の片隅に光の息遣いが感じられる。

世界中でどれくらいの人がこの夜明けを感じているのだろうか。眠れぬ夜を過ごし、絶望と共に朝の気配を感じ、また死ねなかったと、嘆息している人はどれくらい？　いや、今まさにどこかで誰かが死につつあるのかもしれない――今ここで死ぬことのできない私たちの代わりに。


それとも、私たちも死ぬことができるのだろうか。


そっと彼を見る。

彼はいつもの静かな表情に戻っていた。

さっき見せた激昂も、自己嫌悪も、歓びも、すべてはどこかに消え去って、私のよく知っている、冷静で知的な横顔が天井を見つめていた。

共犯者だった私たち、偽善と傲慢と残酷さに満ちていた私たちならば、「許されない愛を成就するため」というアリバイ作りのためだけに死ぬことができるかもしれない。本当は誰のことも好きではなく、自己愛を互いに相手の中に見ていただけかもしれないけれど、夜明けの魔力を借りれば、それを本物にできるかもしれないのだ。

誘惑。

これは誘惑だ。

想像してみるだけ。実行などしない。現実の世界で、何かの終わりが劇的であることなどめったにない。大概はぼんやりとしてはっきりしない、冴えない結末が待っている。

今夜は違うのだろうか。

私は、ポケットの中のナイフを握りしめる。

私たちは、どんな結末を迎えるべきなのだろうか。

25

本当に、夏の朝は早い。

気配を感じたと思ったら、みるみるうちに空が白んでくる。

否応なしに夜がこじ開けられていく。

徹夜明けにお馴染みの、ずっと身体を起こしていた時に感じる、背中に固い板が入っているような感触。直立歩行がいかに不自然なものか、人間の身体は一日の数時間をかくも横になるようにできているのか、と確認させられる。

しかし、あっというまのひと晩だった。それでいて、長い旅をしてきたようでもある。二人で惣菜をスーツケースの上に広げて飲み始めた時のことが遥か昔のことのようだ。疑ったり怯えたり、腹を立てたり後悔したり、あらゆる感情をこのひと晩で味わったような気がする。

奇妙な充足感と焦りが疲労と一体になり、諦観のような、陶酔のような、不思議な心境だった。

何が解決したのか、何が解決していないのか。

もう分からなくなったし、どうでもよくなってきた。

ともあれ、さまざまな陰謀が企てられた夜は終わりを迎え、公明正大な朝が来る。朝というのは人を正気にさせ、全てを日常に引き戻す。数時間前に重大に思えたことがちっぽけなものになり、妖しく輝いて見えたものが安っぽく色褪せて見える。

このまま彼女と一緒に死んでしまうという考えは、今の僕の中でちょうどその境界線上にあって、魅力的であるという印象とくだらないという印象が釣り合っていた。

感情も思考もフラットに溶け合い、何かを集中して考えることが難しかった。

その時ふと、視界の隅のそれが目に入った。

この部屋にある、スーツケース以外の唯一のもの。ずっと彼女との間の懸案事項となってきたため、僕たちが話題にすることを避けてきたもの。

「アキ、あれ、どうする?」

僕はどんよりした声で彼女にそれを顎で指してみせた。

彼女もまた、疲れた顔でそれに目をやる。

それは、大きな写真立てだった。

B4ほどのサイズで、大きな額縁にも見える。

複数の写真を入れられるようになっていて、隅には嵌めこみになった時計までついていた。

縁取りには凝った飴色の寄木細工が使われ、ガラスに沿って優美な曲線を描いている。

ここに引っ越してきた時、まだ有頂天だった僕たちが、どこかのギャラリーで買ったものだ。

写真立てとはいえ、ほとんど一点もののアート作品に近く、僕たちにとっては正直言ってびっくりするような値段だった。けれども、二人とも一目で気に入ったし、引っ越しの記念品にするという頭があったので、熱に浮かされたような気分で折半してお金を出したのだ。

二人ともこの買い物には満足していた。

高価なものにもかかわらず、こんなアパートの一室にもすんなりと馴染んだし、木製の優雅なデザインは飽きが来なかった。

僕たちは、旅行に行く度にスナップ写真をここに入れた。

その写真を毎日眺めては、次にどこに行こうかと相談するのが楽しみだったのだ。

そして今、ずっとこの部屋で時を刻み、僕たちを見守ってきた写真立ては、部屋の隅で壁に立てかけられ、ぽつんと打ち捨てられていた。


今は、一枚も写真が入っていない。

おまけに、時計も止まっていた。


去年、あの男を亡くしたS山地に行って以来、二度と写真が挿し込まれることはなかったし、時計の電池を替えようという気にもなれなかった。

空っぽの写真立ては、壁の一部のようだった。

しかし、何も入っていなかったからこそ、あの山のイメージは僕たちの中にくっきりと焼きついた。

目を射る鋭い陽射し、むせかえるような山道、圧倒的な森の存在感、足元から上がってくる草いきれ。目にすることのない風景だったからこそ、今でも鮮やかにあの旅の景色は僕の中に蘇り、胸を苦しくさせ、いつまでもそこに居座り続けるのだ。

思えば、毎日この写真立てを眺めているうちに、その空白が僕たちを徐々に変えていったような気がする。どこか殺伐とした埋めがたい空白が、少しずつ僕たちを蝕《むしば》んでゆき、すっかり別のものに変質させてしまった。

時計が止まったのも、写真を入れなくなってからだった。

いつのまにか止まっていたことに気付いても、僕たちは無言だった。止まっているという事実すら認めていなかった。あの旅以前であれば、「時計止まってるね」「電池替えとくね」という会話で済んでいたはずなのに。

別々に引っ越していくことが決まり、少しずつ荷物を整理し始めてからも、僕たちはこの写真立てについて触れなかった。

写真立ての周辺にあったものの引き取り先が次々と決まり、だんだん部屋の中が殺風景になっていく中で、空白の写真立てだけはぽつんと居残り続けた。

捨てるには高価すぎたし、売るには使い込みすぎている。まだアンティークになるようなものでもないし、赤の他人にくれてやるには忍びなかった。

かといって、どちらかが引き取るのもつらすぎた。

たぶん、互いに相手に引き取ってほしいと思っていたのだが、別々になった二人のどちらかの手元にこれがある状態というのも考えられなかった。

全ての荷物が片付いても、写真立ては残っていた。

写真立てが載っていたサイドボードが姿を消しても、まだ彼だけは残っていた——そう、この写真立てはなぜか「彼」だという気がした。

「どうしようか」

彼女はぼんやりと写真立てに目をやったまま答え、感情のない目で僕を見た。

「この部屋に置いていこうか。捨てるのは嫌だし、売るのももっと嫌だし」

やはり、彼女も似たようなことを考えていたらしい。

「押し入れにでも入れてく？　でも、きっと新しい入居者が入る前に業者が掃除するから、結局処分されちゃうと思うよ」

「そうか。捨てられちゃうのね。それか、別の業者に回収されて、古道具屋に売られちゃったりするのかも」

彼女は無表情のままぼそぼそと呟いた。

「実際、想像すると怖いよな。これから入居しようとする部屋に、何も写真の入っていない写真立てだけぽつんと残ってたら。俺だったら、どんな高そうな品だったとしても、即捨てる」

「そうね。どんな写真が入ってたんだろう、どうしてこれだけ残していったんだろう、と思うと」

それは、そのまま僕たちの逡巡でもあった。

これまでにここに入っていた写真、そして入ることのなかった写真のことを思うと、とても引き取る気にはなれなかった。

僕たちは、壁に立てかけられた写真立てをじっと見つめていた。

まるで、そこにまだ写真が入っているかのように。

まだ、僕たちの失われた何かが残っているかのように。


いつのまにか、僕はその写真立てに手を伸ばしていた。

ずっしりと重いそのオブジェを、そっと引き寄せていた。

「ヒロがもらってくれるの？」

彼女がかすかな期待を込めて尋ねた。

「いや、まだ決めてない。ただ、なんとなく」

僕は、写真立てを裏返し、小さな金属の爪をずらして蓋を開けた。

手帳に挟んでいた一枚の写真を、真ん中のフレームに入れ、もう一度蓋をして爪をかける。

裏返すと、空白だったスペースの真ん中に、切り取られた情景があった。


僕と、彼女と、あの男の写真。


トレッキング中に、他の観光客が撮った、最初で最後の、三人で写っているショットだ。

振り返って未来の僕らを射抜く、過去の三人の視線。

そう、書店で見かけた百年近い過去の写真のように。

こうしてガラスの中に収まり、立派な縁に囲まれてしまうと、まるで違ったものに見えた。

「なんだか幸せそう」

彼女がぽつんと呟いた。

その通りだった。

飴色の寄木細工に囲まれたそのスナップは、とても幸福そうな家族に見えた。好天の下、大自然の中で、心から寛いで楽しんでいるように見えた。

それは遠い日の光景だった。

おとぎ話のような、遠い世界。そんな架空の風景が、額に収まることで永遠に封じ込められ、そのことで彼らが幸福であったと証明されたかのようだ。

「そういうものかもしれないね」

僕はそう呟いていた。

「そういうものって？」

彼女が尋ねる。

「写真てさ、みんな笑うじゃない。クラス写真だって、職場写真だって、とりあえず反射的にカメラを見たら笑う。アルバムは笑顔でいっぱいだ。そういう写真ばっかり見てると、だんだん記憶が改竄《かいざん》されていくんだよね。その当時、その集団が本当に和気藹々《わきあいあい》としていたかのような錯覚に陥っていく。実際は、ぎくしゃくしていたり、いじめられてたり、愛憎渦巻いていたりするのに」

僕たちは笑う。

カメラに向かって。将来この写真を見る自分たちに向かって。決して自分の過去が悪いものではなかったと自分に言い聞かせるために。カメラに向かって笑う僕たちは、未来の僕たちと常に共犯関係にある。


そうして、僕たちは、今この瞬間の絶望も、憎しみも、恐怖も、あきらめも、笑顔の後ろに捨てて、忘れていく。

僕たちはカメラを通して、未来の僕たちに笑いかける。

歳月というフィルターを掛けた時、全てが甘い過去となるように。

全てが幸福な記憶になるように。


彼女がふわあああ、と欠伸《あくび》をした。

子供のような、無邪気な欠伸だった。

「少し横になっていい？」

そう聞きながらも、彼女は既に畳に向かって身体を傾けていた。

「もちろん。三時間くらいは眠れるんじゃない？」

「ヒロも寝る？」

目をこすりながら彼女がきく。

僕は頷く。

「うん。さすがにこのまま業者が来るまで起きてるのはしんどい。眠れるかどうかは分からないけど、俺も横になる」

「これ、どうするの？　写真まで入れちゃって。やっぱり写真を入れると、きまるね」

彼女は写真立てをチラリと見た。

「起きた時に考えるよ」

「そうね」

僕も畳の上にごろりと転がる。

かすかに粘つくような畳の感触。もうこの畳に触れることもない。

窓の外の朝の気配は、いよいよ勢力を増してくる。

もはや夜に勝ち目はない。小鳥の声が、その援軍だ。

目を閉じてみる。けれど、眠りの波は寄せてこないし、既に目の中が明るくて、時計の針を夜に戻すことは不可能だということを思い知らされる。

朝は——いや、太陽はなんと偉大なのだろう。そして、なんと残酷なのだろう。その圧倒的な明るさにおいて、すべてを塗り替えてしまう。

何もかも。まるで、僕たちがカメラに向ける笑顔のように。

何もかも、明るい記憶に。全てを、明るい世界に。

そのことに、僕は深く絶望していた。けれど、この絶望でさえ、朝が来ればもうどこにもなくなってしまうことを僕はよく知っていた。

もうすぐ、もうすぐなのだ。

静かに畳の上で朝を待ちながら、僕はこの上なく深く絶望し、同時にこの上なく深く安堵しているのだった。

26

恐らく、これはこの一枚の写真をめぐる物語だったのだろう。

私は畳の上にだらしなく横たわり、ぼんやりと写真立ての真ん中に入っている写真を眺めていた。

かつては毎日眺めていた写真立て。私たちの歳月を刻んでいた写真立て。

私と彼、彼の父親。

偽りの笑み、偽りの血の絆。

この三人はひと晩のコメディを演じたのだ。ひとりはもはやこの世に存在しないけれども、確かにあの男は昨夜、重要な役割を果たした。あの男はずっと私たちの間に影を落とし続けていたが、ようやく朝を迎える今ごろになって、私たちのところから旅立っていったような気がした。

そう。これはコメディだった。

悲劇というのは他人から見ると喜劇だというけれど、これは当人たちにとっても、最初から最後まで、徹頭徹尾《てっとうてつび》コメディだった。

そのことが悔しく、馬鹿馬鹿しく、それでいてあまりにも重く——そしていとおしかった。

朝が来る。

まぶたを閉じても、朝はすぐそこまで来ている。

朝はいつも何かをあきらめさせる。私たちの逡巡に、迷いに、決められない何かに引導を渡す。

朝の光は、時間切れの合図だ。

目の奥が鈍く痛んだ。

時間切れ。私と彼との間に残されていた時間は、もうなくなってしまった。

ちらちらと光が揺れる。

電球の明かりなのか、朝の陽射しなのか。

やがて、その光は木洩れ日になった。

緑濃い山の中を進む三人の姿が見える。木洩れ日を浴びて、いっしんに山道を歩く擬似家族の私たちが。

私たちは明るく声を掛け合っていた。

夢とも幻影ともつかぬ映像の中で、私たちは家族だった。長年の空白を経て、やっと一堂に会した家族が、空白を埋めるために時折笑い声を上げながらおしゃべりをしている。

まさか本当に、本人に当たるとは思わなかったなあ。

もしかしたらとは密かに思ってたけど、ね。いっぱいガイドさんもいらっしゃるし。

実は、僕のほうもなんとなくそんな予感はしてたんだよ。

どうですか、見た目のほうも、予想どおりでした？

いやあ、予想なんてできなかったよ。立派な大人が目の前に現れたんだからね。

あたしたちの再会もほとんど偶然だったたんですよ。大学のテニスサークルで、たまたまダブルスを組んだんです。不思議な感じで、他人とは思えなかった。あんな体験、初めて。

そうなんです、正直、最初は勘違いしちゃったんです。これは運命の相手なんじゃないかって。

おやおや、それは凄いね。勘違いしなくてよかったね。

ええ、ほんとに。でもびっくりだわ、あたしたちにうんと歳の離れた弟がいるなんて。

よかったらうちに寄っていかないか？　紹介するよ。

いいんですか？

ふう、木陰でも暑いなあ。すっかり身体がなまっちゃってて、情けない。

ここを一気に登れば、あとはそんなでもないよ。

木洩れ日が綺麗。ここはまるで海の底みたい。魚が水面を見上げると、こんな感じなのかしら。


ちらちらと緑色の光が揺れる。

水底から、水面の光を見上げる三人。その目には揃って無邪気な憧憬が浮かんでいる。決して触れることのできない遥かな水面。彼らは届かぬ光を黙って見つめている。決して訪れることのない彼らの未来を。


目を開けると、電球の光が飛び込んできた。眩しい。

私は目をしょぼしょぼさせながら起き上がり、壁のスイッチを切った。

電球は光を失い、すうっと部屋の温度が下がった気がした。

しかし、部屋は完全には暗くならなかった。窓の外が明るいからだ。

私はそっと窓の外を見、畳の上の彼を見た。

彼は、畳に転がってぴくりとも動かず眠っていた。目を閉じているだけかもしれないが、眠っているように見えた。

更に私は薄暗がりの中の写真立てに目をやり、三人の笑顔を見た。

既に、記憶は塗り替えられ始めていた。その三人は、私が今イメージしていた、再会を果たした三人の家族になっていた。彼らは長い空白を埋めるために、家族としての絆を確認するために、あの山の中を一緒に旅行していたはずだった。

そう、私と彼は旅から戻り、この写真を見ながら、何度も話し合ったはずだ。

行ってよかったね。

ほんとに。あんなに気さくに話してくれるとは思わなかったねえ。

なんだか気抜けしちゃった。行く前はどきどきしてたのに、今はもうどうでもよくなったっていうか。

うん。正直、父親との再会ってもっと劇的なものかと思ってたのに、あっけないというか、すっきりしたというか。知らない時のほうがいろいろ暗く妄想してたよね。

なんか、もうどうでもいいって感じ。向こうでちゃんと家庭築いてたし。そのことが嬉しいのが自分でも意外だった。

あの子、可愛かったね。

奥さんもいい感じだった。

山登りはきつかったけど、思い切って行ってよかった。

うん、本当に。

写真立てを見ながら、テーブルに頬杖を突いて明るく話し合うふたり。

私は自分がかすかに微笑んでいるのを感じる。

足が動いていた。

私はそっと玄関に向かい、スニーカーを履いて外に出た。

不思議な解放感に身体が包まれ、私はあっけに取られてその場に棒立ちになった。

世界というのは、こんなにも広いところだったのか。この数年間、あの部屋が世界のすべてに思えたのに。


驚きと、あっけなさ。


まじまじと周囲の景色を見回す。見慣れたはずの景色を、これまで一度もきちんと見ていなかったことに気付く。

蒸し暑いのは部屋の中とたいして変わらなかったが、それでも少し涼しいように感じられた。

ふらふらと、隣の公園に向かう。

夜明けの公園は、ひっそりとして、「公園」という名の置き物みたいだった。

ふたつあるブランコのひとつに腰掛ける。

隣のブランコが空っぽであることを確かめる。

かつては、そこに彼が座って、長いことおしゃべりをした。

私はこの公園にあるものをどれも動かしてはいけないような気がして、ブランコを揺らしもせず、椅子のようにじっとその場に座っていた。

無意識のうちに、ポケットに突っ込んでいた携帯電話を取り出し、指がその番号を押していた。なぜかまだその番号を消去する気になれなかったのだ。

思いがけず、呼び出し音三回で相手は出た。

「はい」

その声で、相手もずっと眠れずに起きていたのだと分かったし、彼もまた、まだ私の番号を消去せず、私からの電話であることを知っていることに気付く。

「起きてたの？」

私は淡々と遠い場所にいる彼に話しかける。

「うん。考え事をしていてね」

「そう」

「元気かい」

「ええ。これから引っ越しなの」

「どこに？」

「まだ決めてないの。しばらく友達のところに厄介になる。ほら、あなたも知ってるでしょう。玉木敦子のところ」

「ああ、あの子ね。商社に勤めてた子だろ」

私はじっと公園にそびえる時計を見つめた。

いつもあの部屋から見ていた時計。

「あのね、あたしね、やっぱり彼を愛していたの。ずっとあなたには否定していたけど」

いきなり切り出した私の話を、彼はじっと聞いていた。

「だけどね、それは結局、きょうだいとしての愛だった。彼がきょうだいだったからこそ、あたしは彼を愛していた。彼がきょうだいじゃなかったら、異性として愛することもなかったと思う。なんだかおかしな話だけど」

彼はじっと私の話を吟味していた。

「うん。分かるような気がする」

「ほんとに？」

「ああ。今なら、分かる」

「ありがとう。それだけ伝えたかったの。こんな時間にごめんなさい。仕事、忙しい？」

「うん。めちゃめちゃ忙しい。だけど、やりがいがあって」

彼は一瞬言葉を切った。

「――気が紛れるよ」

私たちは、私たちだけに分かる沈黙を共有した。

「身体に気を付けてね。無理しないで」

私は明るい声に切り替えた。彼もすぐに応える。

「ありがとう。君も」

「じゃあね」

「じゃあ」

電話を切ると、朝の雄弁な沈黙が足元から這いのぼってきた。

私は小さく溜息をつき、ゆっくりとブランコから立ち上がった。

時計の向こうに、私たちの部屋がある。

私たちの共有した歳月が、あそこにある。

こうして、時計の反対側からあの部屋を見上げていると、奇妙な心地になってきた。

まるで、あそこに見知らぬ誰かが住んでいるような。

もうひとりの彼と、もうひとりの私が、何も知らずに、無邪気な別の歳月をあの部屋で送っているような。

私は身動きできずに、窓をじっと見上げていた。


開け放たれた窓。


再び、どこかに木洩れ日の光を見たような気がした。

ここはあの山の中だった。私たちは、三人で明るい木洩れ日を見上げている。

いや、今、私たちは、三人であの窓を見上げている。

幸福であったはずの歳月、確かに存在したはずの歳月を。

手に持ったままの携帯電話に気付き、スカートのポケットに突っ込むと、そこにもうひとつの固い感触があった。

彼のナイフ。


それを取り出して、じっと眺める。

彼の名前が刻まれたナイフ。昨夜のコメディの、重要な小道具。

そっと、折り畳みナイフを開いて、そこに映るぼやけた自分の顔を見る。

唐突な衝動に駆られ、時計の柱の下にしゃがみこんだ。

どうしてそんなことを思いついたのかは分からない。いつのまにか、いっしんに柱の根元の土を掘り始めていた。

ここに、このナイフを埋めよう。地中深く、このナイフを埋めて、誰にも言わずにそっとここから立ち去るのだ。

土を掘る。

深く、深く。誰にも見つからないように。

土は固く、意外に掘るのは大変だった。

やがて息が上がってきて、頭の中が空っぽになる。

掘り返した土の匂いが、鮮やかに鼻を突く。
突然、土にまみれたナイフが、きらりと輝いた。
ふと手を止めて、目を細めて空を振り返る。

ついに、太陽が姿を現したのだ。

この作品は「婦人公論」二〇〇六年一月二二日号から二〇〇七年二月二二日号まで連載された「木洩れ日に泳ぐ魚」に加筆したものです。

装画　佐々木悟郎
装幀　中央公論新社デザイン室
DTP　石田香織

著者紹介

恩田 陸（おんだりく）

一九六四年宮城県生まれ。早稲田大学卒業。九二年、第三回日本ファンタジーノベル大賞最終候補作『六番目の小夜子』でデビュー。以降、ミステリ、SF、ホラーなど幅広い分野で精力的に執筆活動を行っている。二〇〇五年、『夜のピクニック』で第二回本屋大賞、第二六回吉川英治文学新人賞をダブル受賞。〇六年、『ユージニア』で第五九回日本推理作家協会賞（長篇及び連作短篇集部門）を受賞。〇七年、『中庭の出来事』で第二〇回山本周五郎賞を受賞。

木洩《こも》れ日《び》に泳《およ》ぐ魚《さかな》

二〇〇七年 七 月二五日 初版発行

著 者 恩《おん》田《だ》 陸《りく》
発行者 早川準一
発行所 中央公論新社
〒一〇四－八三二〇
東京都中央区京橋二－八－七
電話 販売 〇三－三五六三－一四三一
編集 〇三－三五六三－三六九二
URL http://www.chuko.co.jp/

印 刷 大日本印刷
製 本 大日本印刷

Published by CHUOKORON-SHINSHA, INC.
Printed in Japan ISBN978-4-12-003851-8 C0093